文字の消息

澤西祐典

文字の消息＊目次

装幀・装画・挿絵　宮島亜紀

文字の消息

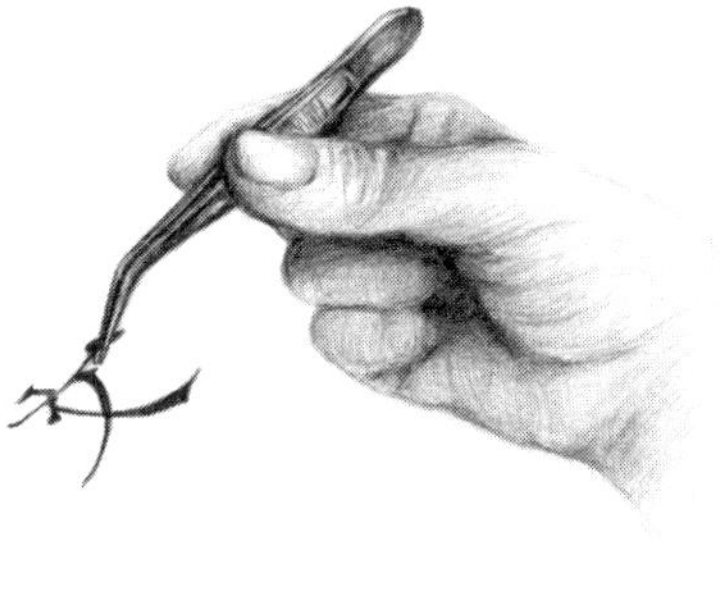

前略

……そちらでは文字が降らないのですね、驚きました。まだ文字に埋もれていない土地があるなんて、なんだか夢のように感じられます。

人の感覚というのは不思議なものですね。初めは不快に感じても、一たび馴れてしまえばずっと前からそうだったように錯覚してしまいます。（そういえば、お風呂場の電球が切れているのを思い出しました。忘れないうちにメモしておきます）

私たちの土地も、少し前までフミエさんの所と一緒で、文字なぞこれっぽっちも降っておりませんでした。家の前のアスファルトには白線が気持ちよく伸び、家は青やベージュ、こげ茶など、色とりどりの帽子をかぶって、日の光のなかにたたずんでおりました。家のなかもそうです。フローリングの床も和室の畳も、それなりに傷んではおりましたが、きれいな木目やイグサの色を保ち、それ本来の色に影を落とすようなものはありませんでした。

それが、今やすっかり文字まみれです。まるで小麦粉の袋をひっくり返したみたいに、すべてが文字にまみれています。フミエさんからお便りをいただくまでは、どこもかしこも、同じように黒い文字が舞っているとばかり思っていました。日ごろ自分の見聞きしている世界がいかに狭いか、あらためて考えさせられます。

窓を開け、すこしひやりとする清々しい空気を吸い込みながら、朝日に照らしだされた景色を眺める。緑に覆われた裏山の木々が小鳥たちをさらった風に身をふるわせ、枝につもった夜気を払い、空にはスポイトでしずくを垂らしたように淡い色が果てもなく広がって屋根を照らしている。それらを見るともなく目でなぞって、朝の仕度を始める。

そんなささやかな贅沢を、私たちはすっかり忘れてしまったように思います。窓辺に立っても、外には黒い文字が苔むしたように一面に広がっていてうんざりとさせられます。

せめて新鮮な空気を吸おうと窓に手を掛けても、錠の隙間に文字が詰まっていて、窓を開けるのも一苦労です。ムキになって力を込めると、文字がぱらぱらとこぼれ、朝を汚します。

文字の詰まった網戸から風が吹き込んで、眠りのなごりを払ったあとも、部屋のスミというスミに文字が溜まっていて、まるでこちらの無精を責め立てているようです。それに窓から文字が忍び込んでくる気がして、あまり長く換気もしていられません。

最近ではすっかり馴れっこなので、いちいち気にも留めていませんが（愚痴っぽくなってしまい申し訳ありません）、いただいた絵葉書を見てついつい感傷的になってしまいました。素敵な写真入りのお葉書、ありがとうございます。初めは文字が降る以前に撮った写真だと思って見ておりましたが、最近撮られた朝のお庭だと知り、目を疑ってしまいました。

でも、フミエさんも同じように、当惑顔でこの手紙を読んでいることでしょう。フミエさんの所では「文字」が降らないのですから（なんて羨ましい）。

先ほどから文字が降る、降ると言っておりますが、実際は誰も降っているところを目にしたことはありません。文字は私たちの気づかぬ間に、いつしか降り積もっているのです。屋根にも、壁にも、家のなかにも。

初めて気がついた時のことは今でも覚えています。お昼に、きのこのクリームパスタを食べた後でした。食器を洗ってお皿をかさね、台所を出ようとしたところ、台所の壁の、ちょうど腰ぐらいの高さに、黒い点のようなかたまりがあるのが目につきました。

触角のような黒く細長いものが見え、わたくしはとっさに、履いていたスリッパをぽんっとけり上げて手に摑みました。ええ、虫の類だと思ったのです。すかさずバシッとやってやりました。

しかし、壁には変わらず黒いものが貼りついていたのです。クリームパスタと一緒に口にした安い赤ワインの匂いが、胃から逆流して戻ってきたのも覚えています。虫の死骸が壁紙にこびりついてしまったみたいで、あと始末が面倒になったなと思いながらよくよく見てみると、黒いかたまりは、位置がほんの少し下がっているだけで、他に何の変化もなく、黒い触角も健在でした。

さらにまじまじと見ると、それは一センチにも満たない小さな黒い欠片《かけら》で、触角だと思ったものは虫の足でも触覚でもありませんでした。ちょうど「と」の字の尾っぽが中途で切れたような形で、わたくしはそれを親指と人差し指でそっとつまみ上げました。つるっとした無機質な感触でした。壁からはがす際、あくびでもするように輪郭が伸びましたが、どこもちぎれることなくすんなりと取れました。小指の頭の半分くらいの大きさで、重さもほとんどありません。

生き物でないことは明らかでしたが、気味の悪さは依然として拭えませんでした。油がはねて固まったわけでもなさそうです。指のうえでは全く粘つかず、丸めようとして指先に力を込めてもゆるやかに曲がるばかりで、そのフォルムを誇示するかのように形は一向に崩れませんでした。わたくしはひとまず、それをごみ箱に捨てて、ソファで読みさしだった刺繍の雑誌か何かを開きました。

そのまま何もなければ、そんなことはじきに忘れていたでしょう。けれども、そのすぐ後でした。ふと目を上げると、机の端の、以前、主人の両親が来た時コップを倒して傷つけたくぼみに、さっきと同じ黒いかたまりが二つばかり詰まっていたのです。私は雑誌を手にしたまま、目を凝らし、そして、辺りを窺いました。

すると、どうでしょう。食器棚のスミにも、テレビ台のガラス戸にも、ソファの緑の脚にも同じものがあるのです。わたくしはそっと立ち上がり、座っていた場所を確認しました。お尻のあったところがぐっとくぼんで、そこから放射状にシワが伸びているだけで、特に変わったところはありませんでした。

しかし、はっとしたのは束の間で、視線を上げると、おりました。窓ガラスに黒いソレが。しかも三つ。てんでばらばらの位置に貼りついていたのです。いつからそれがあったのか、私が気づいていなかっただけかもしれません。

わたくしは大きく息を吐いてから、窓ガラスの方へ歩み寄りました。こうなっては敵の正体をはっきりさせるべきだと思ったのです。

吐いた息でガラスが曇るぐらいまで近づいて見ると、窓辺に貼りついて陽を浴びていたのは、「く」の字をもっと折りたたんだ形と「す」の縦棒に似た一回転したリボン、それから引っかき棒みたいな⌐型のものでした。（そうです。文字といっても、完全な文字のかたまりが降るわけではありません。不要になって、シュレッダーにかけられたみたいな文字の欠片が、そこら中に降り積もるのです）

部屋のあちこちに見える黒いものはみな仲間のようでしたが、文字の欠片のような形をしているという以外に、別段新しい発見はありませんでした。見たことのないダストに首をかしげながら、私は目に付くものだけ爪を立てて取り、ごみ箱に捨てました。窓の外側に貼りついたものは、外に出るのも億劫だったのでそのままにしておきました。主人が帰ったら取ってもらうつもりだったのですが、暗くなると見えなくなったのでいつしか忘れてしまいました。けれど一度根付いた不安はなかなか枯れず、その後、よりはっきりとした形となって現れました。

二、三日経った雨の日でした。雨粒が激しく窓を打っておりました。私は作りたての生姜湯を片手に、窓ガラスを流れる、まだらな滝模様を見つめていました。空から墜ちてきた雨粒が窓に不時着し、先に落ちたものの跡を追って、また後から来たものに押されて、窓の下へと流れてゆきます。私は刻々とゆがむ窓の景色を楽しんでおりましたが、その時、例のものが目に入りました。先日見つけた「文字」です。それは、雨に溺れながらも押し流されることなく、ガラスにへばりついておりました。

しかし、どうもこの間と様子が違います。雨で輪郭の印象が伸びちぢみするのですが、なんだか黒いシミが大きくなっている気がいたします。近づいてじっと見つめると、やはり雨のせいではありません。黒いシミは確かに大きくなっているのです。いえ、正しくは文字の数が殖えておりました。「く」の字に「豕」と細ながい「×」が絡みついていたのです。

他の二か所も同じでした。それぞれに新たな文字が殖えて黒ずんでおりました。生姜湯の絡みついたつばを、ぐっと喉の奥へ押しやりながら、嫌な予感にかられて、机やテレビ台の方を振り返ると、やはりそこにもいました、黒々とした文字が。

私は言葉にならない不安に襲われ、やっきになって文字を剝がし、掃除機で吸いました。外の文字も、濡れるのもいとわず剝がして雨に流しました。けれど、それはほんの始まりに過ぎませんでした。

文字はそれからこんこんと降りはじめ、私たちはその処理に日々追われています。それも一筋縄ではゆきません。私たちが気づくよりも、文字が溜まる方がずっとずっと早いのです。その上、掃除機で吸う程度では、簡単に剝がれてくれません。

文字の上へ積もったばかりの文字は、まだ比較的取りやすいのですが、床や壁に貼りついた文字はこじるようにして剝がさなければ、取れないのです。初めはそれこそ見つけるたびに、必死に剝がしにかかりましたが、文字が現れるたびに格闘していてはこちらの身がもちません。やらなければいけないことは、他にも山ほどあります。文字は、それを見透かしたようにしたたかに降りつづけ、黒い領域を広げていきました。

しかも、ある程度降り積もると、脚と脚が絡まり合うのか、結束が強固になって、文字の上に積もった文字も、壁に貼りついたもの同様、剝がれにくくなってしまうのです。それに気づいたときには手遅れでした。静かに降りつづけた文字は、今ではすべての部屋に巣くっています。

至るところ、黒い眺めです。窓ガラスには、文字がべったりと貼りついて日の光を遮っております。床には黒い芝みたいに文字がこんもりと積もり、家の前の道もまだら模様となって、白線が文字に溺れています。屋根に積もったものは、本来の屋根の色を隠し、優雅に日向ぼっこしています。きっと信じられない光景でしょう。でも、すべて本当のことです。

ご近所の方とも、最初は首を傾げ、その正体について知恵を絞りましたが、結局わからず終いで、じきに慣れてしまい、今では冬の前に現れるカメムシの方がよほど話題らしい話題です。呼び名も、初めは「文字みたいなの」とか「文字模様」、「黒いやつ」などと言い合っていたのが、次第に「文字」と言うだけで通じるようになってしまいました。

しかし、一口に「文字」と言ったところで、黒々とした線のかたまりという共通項があるだけで、形にしたって千差万別です。鳥の足跡のような可愛いらしいものもあれば、線がでために重なっただけのものもあり、またアルファベットみたいなものもあれば、シャーロック・ホームズに出てくる踊る人形のような形のものもあります。

降り積もった文字の大群には、ほとほと手を焼いていますが、拾い集めて一つ一つ眺めると、雪の結晶を愛でるような楽しさがありもします。それらを組み合わせて、より文字らしい文字を作ったり、またそのうちのいくつかを並べて言葉を作ったり、文を紡いで楽しむこともできます。実際にそうやって文字を手に取ってみると、欠片のバリエーションの多さには驚かされます。

文字の降るさまは想像がつかないかもしれませんが、種類の豊富さについては、フミエさんにもわかってもらえるはずです。なぜなら、他ならぬこの手紙が拾い集めた文字と文字を組み合わせて書かれたものだからです。手紙に貼られた文字の部品一つ一つが、わたくしの家に降り積もっていたものです。いかに多くの種類があるか、これだけでお分かりいただけるでしょう。（そういえば、文字の収集を専門にしている方がいるとも聞きました。その方は降り積もる文字から、字体の規範を見出そうとしているそうです。人が書く文字の手本とすべき型が、時代によって移ってきたことを思えば、何とも有意義なお仕事だとは思いませんか。今後の調査結果が楽しみです）

日々降り積もる文字の欠片でフミエさんのお手紙に返信してはどうかと、ほんの思いつきで始めたのですが、気がつけば、こんなに長くなってしまいました。世の中にはハエの脚で文字を綴る方がいらっしゃるそうですから、これくらいで音を上げるわけにも参りませんが、日ごろ「文字」と呼ばれている不完全な欠片から、誰かに向けてきちんとした言葉を紡ぐのは、思っていたよりずっと骨の折れる作業でした。お返事がずいぶんと遅くなってしまったのも、そのためです。

けれど、「文字」を知らないフミエさんに向けてお手紙を書いてみて、その存在をいかに私たちが蔑《ないがし》ろにしていたか、改めて実感いたしました。私たちの周りにある黒い風景を、私は見ているようで全く見ていませんでした。そのなかから文字をすくい取り、ちびちびと並べていくことで、この「文字」というものがいったい何なのか、少しずつ見えてくるのではないかと感じております。また時々、お手紙をお送りしたいと思います。さて、そろそろ主人が帰ってきますので

右の一文を組み立てている間に、主人が帰ってきてしまいました。もうすぐ主人も定年です。二人で静かな老後を過ごせればと思っております。

それではいささか長くなりすぎた自由工作も、そろそろ終わりにしたいと思います。

厳しい残暑が続くそうですので、どうぞご自愛くださいませ。

草々

〔九月三日消印　S夫人より〕

＊

年の暮れも近づき、慌ただしくなって参りましたが、いかがお過ごしでしょうか。フミハルくんが遠足で拾って帰ってきた松ぼっくりのムイムイは、無事退治できましたか。子育てというのは予想外の事ばかりで、本当に気の休まるときがありませんね。ミチノブも、最後の最後までそうでした。でもどうかご無理はなさらないで、フミエさんが倒れてしまったらそれこそ大変ですからね。

さてこちらはと言うと、相も変わらず、見渡すかぎり文字の世界です（まるでこの手紙みたいですね）。前回お手紙を送った際、家の前の電柱は、根元だけが文字で埋まっていた気がするのですが、今では電柱に巻かれた黄色と黒の腹巻（正式な名称は何と言うのでしょう、この年になっても、身近に名前を知らないものがあるのですね）の部分まで、文字の触手が伸びております。黒い文字に埋没する黄色い隊列は、侵食に抗いつつ、必死に私たちへ警告を発してくれているようにも見えます。黒い世界が、私たちを覆い尽くすのはさほど遠くないのかもしれません。

文字の被害は深刻です。残念ながら、文字が降るというのは、フミエさんが仰るような素敵なことではありません。

中でももっとも恐ろしいのは、屋根への堆積です。文字の一つ一つはきわめて軽いのですが、降り積もると大変な重さになります。対応を怠った家のいくつかは文字に押し潰されたと聞きました。

その上、つぶれて文字まみれになった家の残骸は、文字を除去することができず放置されているそうです。住人の安否も知れません。そうなれば文字の底で、身動きもとれないままひっそりと息絶えるしかないのです。

想像するだにおぞましいことです。最近では雪かき用のスコップで、屋根の上の文字を落とす人の姿をよく見かけます。かくいう我が家も、主人が週に一度、屋根に上って文字を落としてくれています。

心配なのは、ナカソネのおばあちゃんです。我が家では「コレヤカラさん」と呼ぶこともあります。おばあちゃんが困っていると思って声をかけると、「コレヤカラ若い人は、人を年寄りやと思うて……」と、いつも不機嫌そうにするのです。うちでは「今日もコレヤカラさんは元気だったよ」などとよく言っております。実は私の郵便局時代のお客様で、よく年金を下ろしに来られていたので、顔なじみなのです。

この辺りが住宅地として開発されるずっと以前から住んでいらっしゃった方で、昔は家族でお住まいだったのですが、今は独りで住んでおられます。家族で住まわれている頃はそうでなかったのですが、独りで暮らすようになって体面を気にしなくなったのか、あるいは気力が衰えたのか、おうちの手入れをサボりがちになって、家のぐるりを囲んだキンモクセイも、日当たりの悪いものは枯れてしまい、すっかりまばらになってしまいました。昔はよく、散歩していて、おばあちゃんの家の庭先から甘い匂いが漂ってくると、秋に包まれている気がしたものです。

建物もお庭同様で、茅葺きの屋根などは、素人目から見てもとうに葺き替えの時期を過ぎているのですが、困ったことにコレヤカラさんは一向に頓着いたしません。それとなく意見しても、「コレヤカラ若い人は、年寄りやと思うてすぐ人を馬鹿にして。自分の家のことは自分が一番よう分かっとる」とむげに返されます。

茅と茅のスキ間に、文字はうまく巣食うのでしょう。今では屋根一面にびっしりと文字が蔓延《はびこ》り、かえって立派に見えるぐらいです。（そのお蔭で、雨漏りは直ったみたいですが）何しろ古いお家なので、どれほど重みに耐えられるのか、皆目見当もつきませんが、早晩つぶれても不思議ではありません。

屋根の文字を取り除いてあげたいのですが、どうしていいのかわからない上に、コレヤカラさんが依怙地になって家へあがらせてもくれません。恥も外聞も気にしないといっても、やはり踏み込まれたくない領域があるのでしょうか。お隣さんも何度か掃除しようと申し出たのですが、おばあちゃんはかたくなに断ったそうです。手伝いに訪れた近所の人も、足の周りに文字を引きずるようにしてコレヤカラさんが現れたのを見て、及び腰になってしまったとのことです。何かコレヤカラさんを納得させる上手い手が見つかれば良いのですが。

対策さえ打てば、文字の侵食をそれなりに食い止めることは可能です。うちの向かいにあるポストなどは、主人が毎朝、それこそ文字の現れるずっと以前から、出勤前に必ず磨いておりましたから、今でもほとんど文字が積もっていません。窓から見える景色のなかで、そこだけが鮮やかな色を留めています。

と言って、これはこれで困ったことがあり、主人はいつも、ほとんど身支度の済んでいない格好で往来へ出るのです。ご近所さまの手前、みっともないと何度か忠告したのですが、聞く耳を持ちません。ポストの赤い頭をこすって、「きゅっ、きゅっ」と音が鳴るのを確かめてから、満足気に戻ってきます。

ミチノブが小さかった頃は、父親と二人で磨きに出たこともありましたが、少しでも出遅れると、主人がポストを磨きあげてしまうのと、あまりたくさんは磨かせてもらえなかったため、すぐに飽きてしまいました。あの寝癖を付けて、寝ぼけ眼をこすりながらぺたぺたと歩く小さなうしろ姿は、父親のそれとは違って愛くるしいものでした。私は道をわたるミチノブを心配して、目で追ったものです。けれど、主人一人の日課になってからは付き合う気も起きず、玄関の開く音でベッドから起き上がり、朝の仕度をはじめる始末です。

主人の行動に何かもっともらしい理由があるかと言うとそうではありません。本人はこれも郵便局員の務めだと言い張るのですが、本当のところは、手紙が迷子になったら可哀そうだという子どもじみた考えを持っているみたいです。全寮制の学校で育った主人にとって、手紙は離れて暮らす両親との間を取りもってくれる大切な存在だったようで、手紙が無事に運ばれるようにと、当時からポストを磨くのが習慣だったそうです。むろんポストだけでなく、我が家の郵便受けも常にぴかぴかです。

コレヤカフさんの家もそれぐらい熱心に掃除すれば、きっとかつての立派な姿を取り戻せるのでしょう。もちろん、コレヤカラさんの家とポストでは大きさが違いますが（我が家の文字退治ですら手におえないのですもの）、せめて文字にあらがう努力はすべきです。ほんのささやかな心がけが、人命にかかわることもあるでしょう。私も引きつづき声をかけたいと思います。

さて、また主人の話ですが（なにしろ二人っきりの生活ですから、お察しください）、無事に定年退職を迎えることができました。最後のお勤めを終えた晩、家で赤飯を炊いて、お祝いをいたしました。栗のごろごろ入った、秋のお赤飯です。他にもレンコンの金平に、ぶ厚い焼きしいたけ、里芋の煮ころがし、山菜のおみそ汁などをつくりました。もう老年に差し掛かった身ですので、量はさほど多くなく、おままごとのような食器に、少しずつ料理を載せて、お盆一枚に収まるぐらいのささやかな食宴です。それでも、主人は疲れていたのか、せっかく作ったのにあまり料理に箸をつけませんでした。代わりに、お酒が進んでいました。私は、主人の分まで秋の味覚を堪能した次第です。

実は、ここにも文字が忍び込んでいます。と言っても、悪い意味ではありません。文字は煮ても焼いても無くなりませんが、細かく刻んで（砕いて？）隠し味に使うと、料理にふくよかなコクがでるのです。一口目の味わいがはっきりしますし、呑み込んだ際にも、くっと喉に訴えるようになります。舌の上に料理の旨みが広がるので、後に含む日本酒も、いっそうおいしくなるのです。

主人はだいぶ酔いが回ったのか、最近の若い人が手紙を書かなくなったとしきりに嘆いておりました。それもそのはず。主人がどれだけ一生懸命にポストを磨こうとも、肝心の中身がなければむなしい限りです。

筆まめだった主人と違い、私には手紙を交換するような友人もおらず、年賀状を出すのでさえ面倒臭がる性質ですので、適当に相槌を打ちながら主人の話を聞いていましたが、こうして手紙を作っていると、主人の言い分もわかる気がいたします。受けとる相手を思い浮かべながら、時間をたっぷりと使って、一文字一文字思い込めて綴る。時には言葉に詰まりながら、それでも自分の思いにぴったりはまる言葉を探してゆく。書き損じたり、思い通りにいかず、手紙をやぶり捨てたくなることもあります。そうかと思えば、落ち着いて読み返してみると、さほど悪くないと気付くこともあります。そうやって、誰かのために言葉を紡ぐのは、なんと贅沢で素敵な時間の使い方でしょう。筆をおいたとき、あたかも初めからそんな姿をしていましたとばかりに文字が居並んでいるさまには、驚きとともに、言うに言われぬ充足感があるものです。労をいとわず手紙を綴るからこそ、想いも相手に伝わるのではないでしょうか。

けれど、時勢というものには逆らえないのも事実です。私が郵便局に勤めていた頃から、手紙の量は目に見えて減っていました。ミチノブの事故以来、体調を崩して仕事は辞めてしまい、主人も手紙を書く習慣をなくしてしまいましたから、家に居ても郵便受けを鳴らすのは、チラシやダイレクトメールの類ばかりです。

手紙だけではありません。最近では、活字に触れる機会もめっきり減ってしまいました。無理もないでしょう。皆ただでさえ、降り積もる文字に悩まされているのです。せっかくの余暇にまで、活字を追いかける気が起こらなくても不思議ではありません。

本棚の本を捨て、代わりに文字を詰めてはどうか。そんな冗談さえ聞こえてくるぐらいです。もしも猫が出鱈目にピアノの鍵盤を踏んで美しい旋律を奏でることがあるなら、あるいは意味が通る冗談かもしれませんが、雑駁《ざっぱく》に積もった文字は、やはり「文字」でしかありません。私たちの外部に、意味を結ぶことなく降り積もるだけです。

けれど、本は違います。私たちの知らない風景やものの見方、あるいは現実にまみれて忘れかけていた心の手触りを教えてくれます。そこに書かれた文字が窓となって、私たちを別の世界に導いてくれるのです。だからこそ、本棚に並んでいる本を見ると、心が自然と弾むのでしょう。そして一度読み終わったあとでは、本の背を眺めるだけで心がうずき（きっと私たちのなかに巣食った文字が悪さをするのでしょう）、文字によってもたらされた王国を懐かしんで心が躍るのです。ここではない、遠い場所とのやり取り。そう考えると、手紙に似ているかもしれませんね。本も手紙も、文字が秘密の通い路になって、私たちを違う場所へ連れていってくれます。時折読み返して、当時のことに想いを馳せたり、思わぬ一節に出くわしたりするところもそっくりです。

手紙が頻繁に行き来した頃は、どんな素敵な世界が運ばれてきているかと、わくわくしながら郵便受けを開けたものでした。フミエさんからお便りが届くようになって、きれいに磨き上げられた郵便受けを見つめるのが、また楽しくなってまいりました。思い出をひとつ取り戻した気分です。

　書きたいことはまだまだあるのですが、今回はこのあたりで筆をおきます。退職した主人と家に二人きりで居ると、なかなか集中して手紙を作ることができないのです。ミチノブがいた頃は、家族が家に揃うのは楽しいことでしたが、今ではどうも落ち着きません。主人に手持無沙汰そうに振る舞われると、どうしたものかと思ってしまいます。子供ではありませんから、こちらからあれやこれやと言うのもおかしいですし、私は私でやりたいことがありますから、ただただ気詰まりで仕方ありません。

　でも、また折をみて手紙を送ろうと思います。

　そちらは随分と寒いでしょうから、くれぐれも風邪を引かないよう、ご用心くださいね。

草々

〔消印読み取れず　S夫人より〕

＊

謹賀新年
旧年中は、〔以下、文字欠落〕

＊

前略
先回のお手紙から、またずいぶんと日が空いてしまいました。そちらでは雪が積もったというお報せを読んで、窓辺に貼りつくフミハルくんの姿が目に浮かびました。その視線の先では、子供たちが雪合戦に興じているのかもしれませんね。
子供は、暗くなるのが早いから日のあるうちに帰ってきなさいという親の言葉を気にしながらも、短い時間を目いっぱい遊ぶものです。ミチノブもそういうやんちゃな子でした。ミチノブが小さい頃は、私たちはまだ共働きだったので、私たちが帰宅するギリギリまで遊び回っていたのでしょう、家で待っていたはずなのに、体に触ると凍っているように冷たかったことが度々ありました。そんなときは、よくミルクを温めて飲ませてあげました。ミチノブは鼻をすすりながら、頬を真っ赤にしてホットミルクをちびちびと飲んでおりました。

親子で過ごす時間というのは、後になって本当に大切な思い出になりますから、どうぞフミハルくんとたくさん遊んであげてください。私は十分に構ってやれなかった気がします。フミハルくんはまだ一人で遊べない年頃ですから、公園に二人で行って、思う存分に雪遊びをさせてあげてくださいね。そして、帰ったら風邪を引かないようにあったかくして、ホットミルクでもこさえて二人で召し上がってください。

そういえば、フミエさんからのお返事に、「出てくる料理があまりにおいしそうだったので、いただいたお手紙の文字を少し削って、ほうれん草のソテーに入れてしまいました」と書かれているのを読んで、思わず頬が緩んでしまいました。文字の隠し味は、本当によく効きますでしょう?

味付けに不安が残るときでも、文字を振りかけると格段に味が引き締まるので、重宝しております。今日の夕飯の鮭のかす汁にも、少し振り掛けました。本当は最後にバターをのせると美味しいのですが、買い忘れていて、いつもの味が出せず、文字を入れてごまかしました。

フミエさんもぜひ、いろいろ試してくださいい。今度は手紙の文字を削って食べていただかなくとも良いように、小瓶に取れたての文字を詰めて同封致しますね。フミエさんに似合いそうな、かわいらしい文字を選りすぐってあります。

手紙に使えそうな文字を探すのは、今ではすっかり日課となっております。フミエさんからお尋ねもありましたし、今日はその日課について書こうと思います。まずは降り積もった文字を集めてきて、テーブルの上に広げます。掌にざらざらとした感触がありますが、あまり力を込めると、文字が絡まってしまうので、緩急をつけながら掌でやさしく揉み広げます。絡まっているネックレスを解《ほぐ》すような根気強さも必要です。

文字が卓上一面に広がったら、同じような形のものに選り分けて参ります。ひらがなの形をしているものは、この段階で選り分けて、お手製の五十音に仕切った箱に入れていきます。たくさん使うからです。そのほかの物は、形の似ているものでまずはボンヤリと分けますが、このとき文字の大小は気に致しません。丸いなとか、角張っているなとか、棒状のもの、といった具合です。そこからグループごとに吟味して参ります。

文字の大半はどこかが欠けていたり、逆に過剰だったりいたします。例えば、「山」という字の右側の棒が、手を振っているみたいに長く伸びていたりするのです。そういう場合は、要らない部分を削ぎ落として（結構力が要ります）使ったりもします。使えそうな文字が出揃えば、リストを作ってから、文字が逃げ出さないように瓶に詰めていき、フタには採取した日をラベリングします。

それら文字の小瓶がグループごとに、窓辺にずらりと並んでいます。その他に「、」や「―」といった欠片はよく使いますので、大きい缶のなかに一緒くたに入れてあります。

あとは、ピンセットでそれらの文字の欠片を取り出して、一片一片手紙に貼りつけていくのです。たいへんな労力だとお思いかもしれませんが、慣れてくると、それが楽しくなってきます。縫い物や料理と一緒で、小さな目標を定めて、こつこつと作業をするのです。終わりのない作業というものはありません。どんなに長い小説にも、いつかは最後の一頁が訪れるのと同じです。文字を追い掛けてページを繰る手のように、私は少しずつ文章を象《かたど》っていくのです。

ピンセットのくちばしで、母鳥がえさを運ぶように文字のかけらを挟み、白い便箋に貼りつけてゆきます。それらの一文字一文字が脈々と連なり、大きな意味を成していることに気が付いたときには、うっとりとして、ピンセットの動きも停まってしまいます。この文字たちが、フミエさんの元へ届いて、私たちの消息を伝えてくれると思うと、誇らしくさえあります。文字の方でも、破片を正しい輪郭に配し、文章を長く連ねるほどに活き活きしてくるように感じるから不思議です。

もちろん、だからと言って、フミエさんにお送りした文字で文を作ってみてくださいなどと言うつもりは毛頭ありませんから、ご安心を。煮るなり焼くなり、ご自由にお使いください。どうせこちらには掃いて捨てるほどあるものです。いえ、掃いて捨てきれないほどと言う方が正確かもしれませんね。

文字の廃棄も大きな問題になりつつあります。以前は、一般ごみと一緒に捨てていたのですが、文字は焼いても埋めても一向に形を変えず、処理できないのです。今は専用の袋に入れて、不燃ごみの日に出していますが、一週間で出る文字は、それはそれは膨大な量ですから、週に一度のごみ出しではいずれ追いつかなくなるでしょう。回収された文字は、専用の場所に廃棄されていますが、場所が足りず、海を埋め立てて新しいごみ処理場をつくるという話が持ち上がっています。けれど、その処理法が将来的に安全なのかどうか、海や魚に影響が出ないのかどうか、誰にもはっきりとしたことはわかりません。問題は山積みです。

再利用の手立ても見つからず、文字を消すには食べるしかないとさえ言われています。文字入りの料理は美味ですから、一石二鳥です。そこに目を付けた飲食店が、文字の回収に乗り出した時期もありました。けれど、ある問題が生じて、立ち消えになってしまいました。

フミエさんも口にされる際は十分に気を付けてくださいね。文字には毒がございますから、一度に食べすぎてはいけません。

そもそも、いったい誰が降り積もる文字を食べるなんて思いついたのでしょうか、初めのうちはみな気味悪がり、そのような行いを蔑んでいたはずです。

けれど、その妙味について噂が広まると、誰もが家でこっそりと文字を賞味したに違いありません。それでいて人前では、あたかも他人から聞いたふりをして、感想を述べ合ったのです。それが次第に人目を憚らなくなり、ついには「文字焼き」や「文字丼」といった料理を出す店も出てまいりました。そのお蔭でたしかに文字は一時的に減ったのですが、その代償もすぐさま明らかになりました。

文字の毒気にあてられ、気の滅入る人が続出したのです。そうなのです、文字を大量に口にすると、頭が呆けてくるのです。痛みこそありませんが、頭がジンジンして、倦怠感とでも呼ぶのでしょうか、気だるくなって何事をするのも億劫に感じられるのです。気がふさぎ、愚痴をこぼすばかりで満足に仕事もこなせない人が町に溢れかえりました。そして性質《たち》の悪いことに、一度文字を口にするともっともっと欲しくなるのです。食したところで後で気分が滅入るだけなのに、喉が文字を欲して苛立ってくるのです。

文字の食用をやめるよう、すぐに御達しが出ました。その妙味に捉われた人々からは、もちろん抗議の声が上がりました。しかし、文字の食用禁止に異を唱えるということは、自ら文字を食べていると申告するようなものです。そんなことをするのは後先の考えられない愚かな人か、よほどの正直者だけです。どうせ家の中は文字で溢れているのですから、こっそり食べれば済む問題です。もし家宅訪問されたところで、文字まみれの家では叩くまでもなく文字で溢れています。禁止令が出たところで、各家庭の食卓まで取り締まることはできないのです。抗議の声はすぐに弱まり、もの憂いつぶやきに変わりました。

それにしても、大量に摂取すると害があるからといって、全面的に禁ずるのも、またずいぶんヒステリックな行動ではないかと思います。人は食事と健康のことになると、とたんに融通が利かなくなる嫌いがございます。誰が何と言おうと、微量の文字は料理に合うのです。そして美味しいものを食べるのは、人の幸せの大切な一部ではありませんか。微量でしたら、人体に害はありません（現に私たちは、もう長いこと文字を食べ続けていますが、おかしな症状は出ておりません）。どうぞ、安心して調味料としてお使いください。

さて、そろそろ手紙をお終いにして、発送しようと思います。今回は主人に煩わされることなく、手紙作りに没頭できました。なぜかと言うと、わたくしの横で、主人が同じように手紙を作っているからです。私が手紙を作り始めると、いつも手持無沙汰な顔をするので、あなたもフミエさんに手紙を送ってみてはどうかと勧めてみたのです。

はじめは照れ臭そうに拒んでおりましたが、今では私のことなど忘れて、たいそう真剣な顔つきになって、文字を一つずつ並べております。眉間に皺を寄せて大きな手で文字を並べている様は、まるで文字と睨めっこしているようで、なんだかおかしくなります。ミチノブと二人でジグソーパズルに取り組んでいた姿を思い出します。

その主人の手紙も同封いたしましたので、どうぞお読みください。私には見せてくれなかったので、何が書かれているのか知りませんが。
それではまた。

草々

〔同封された夫からの手紙〕

オヒサシブリデス　オゲンキデスカ
モジヲツクルノハナカナカムズカシイデス
ツマハ、キヨウニナラベマス
ロク十ノテナライデ、ヘタクソデスガ、オモイツクママ文字ヲナラベテミマス。
イエニイテモ、ヤルコトガアリマセンノデ。妻ハアイテニシテクレマセン。
ハタラキ口ヲサガソウトカンガエテイマス。
コレダケノ文字ヲナラベルノニ、六日モカカリマシタ。
コノ手紙が、無事ニフミエさんノモトへ届きマスヨウに。

〔二月十三日消印　S夫妻より〕

＊

日ざしが春めいてきましたが、いかがお過ごしでしょうか。

今年は雪を見ることなく、冬が終わってしまいそうで、残念です。

雪が降ると、それだけで心が浮き立つのはどうしてなのでしょうね。白い雪のひとひらが空のどこからか現れてはらはらと舞い降りてくる。はじめは地上にたどり着いても、地面の熱にあぶられて淡く溶けてしまうのに、繰り返しくりかえし空から落ちて、少し目を離している間に、真っ白な王国を築きあげてしまいます。私は、雪が景色を覆い尽くしてくれるのをひそかに期待しておりました。しかし、窓から見える景色に、白い色が添えられることはついぞありませんでした。空から白い魔法がふりまかれることなく、家々や大地は見渡すかぎり黒い呪詛にからめ捕られたまま、冬の終わりを迎えてしまいました。どうやら、フミハルくんが送ってくれた雪うさぎの絵だけが、今年の雪の思い出になりそうです。フミハルくん、素敵な贈り物をありがとう。

ところで、我が家にも新しいニュースが一つ届きました。家で暇を持て余していた主人の再就職が決まりました。パチンコ店の駐車場の警備係です。本人は見栄を張って、金融関係の仕事などと言っておりましたが、本当は閑暇なお仕事のようです。郵便局時代のお客さまの紹介らしく、主人いわく、見回りや早朝に整理券を配布する以外は、ほとんど管理室にこもって、自由に過ごして良いそうです。勤務は夕方までですので、私の方も郵便局に勤めていた頃と大差ない一日を過ごすことができます。家の前にある郵便ポストを磨く習慣も変わっておりません。もう郵便局員じゃないのだからと冗談めかして言うと、「手紙たちが迷子になったら可哀そうだから」と相変わらず言っております。

大した額ではありませんが、お給金をいただけるのもありがたいことです。わたくしたちには身寄りもないので、備えが肝心です。いつ病を患って、入院するかもわかりませんからね。

それに、主人が再就職したことで、こうしてフミエさんへの手紙を作る時間も存分に取れるようになりました。今では文字のコレクションも豊富になり、またわたくしのピンセットさばきも素早くなりましたから、手紙を作るのがますます楽しくなってまいりました。最近では、使えそうな文字がないかと、家のなかの文字を漁るだけでなく、道ばたやご近所さんのフェンスに絡みついている文字までついつい見てしまいます。もちろん、あまりじろじろと見るわけにはいきませんので、当たりをつけたところだけをぱっぱっと見て、良いものがあれば、さっと手を伸ばして頂戴していきます。赤信号で止まった車の窓ガラスで、身だしなみをサッと整える要領です。

文字の沢山あるところの方が、形の整った文字が見つかりやすいので、コレヤカラさんの家の前も、よく通ります。コレヤカラさんのお宅の文字っぷりは凄まじく、近頃では「文字屋敷」と呼ばれているほどです。家の壁や屋根はもちろん、窓さえ黒く煤けたように文字で覆われています。やせ細ったキンモクセイの隙間から、軒先まで丸見えなのですが、庭先や縁側には段ボールやごみ袋が散乱しているのが目につきます。文字は、そういったところによく溜まるのです。こっそりと忍び込んで、お掃除がてら文字を漁ろうかとついつい考えてしまいます。不気味といえば不気味ですが、文字屋敷は文字の宝庫に違いありません（もちろん、そんなことはいたしませんけどね）。

大通りからも見える高い屋根は、すこし傾いてきた気がします。軒先からは文字が垂れ下がり、見ようによっては、色も香もない藤棚のようです。そのうち、地面まで届いて柱ができてしまいそうな勢いですが、そうなれば却って屋根の崩れる心配はなくなるかもしれません。本当にいつ潰れても不思議でないような状態で、前を通るたび、家がまだあったという安堵で思わずため息が漏れてしまいます。

食料を届けている顔なじみの業者いわく、コレヤカラさんも最近は元気がなく、注文するのも食材ではなく、電子レンジで温めるようなお弁当ばかりだそうです。ガスコンロも文字に覆われてしまって、使い物にならないみたいです。誰か親族の方が気にかけてくださると良いのですけど。（そうそう、話は変わりますが、先だって書いた電信柱の腹巻は「電柱標識板」と呼ぶそうですよ。年をとったせいか、あるいは文字の破片を見つめすぎたせいか、近ごろどうも漢字が思いだせないことが多くて、できるだけ辞書を引くようにしているのですが、「頂戴」の項目を引いた際、「電柱」の項目が目に入り、そこに載っておりました。業者の間でも、電柱の腹巻と呼ばれているそうですよ。おかしいですね）

いつもおばあちゃんの近況を教えてくれるのは、新井さんという方なのですが、町内のことであれば、なんでもよく知っています。トイプードルを連れて散歩しているところによく出くわすのですが、私を見つけますと、大声で名前を呼びながら手を振って近づいてきます。その度にどきりとするのですが、日ごろ話し相手もいない身ですから、ついつい長話をしてしまいます。今朝も、道すがら拾った、「て」と「斤」と「艹」の文字を握りしめながら、ひき肉が買い物袋に入っているのも忘れて、長々と立話をしてしまいました。もし季節が季節でしたら、危ないところでした。長話といっても、私が口を挟む間もないほどよく喋る方なので、……

つい、しなくても良いご近所さんの話をしてしまってごめんなさい。せっかく時間ができたので、長いお手紙を作ろうと意気込んだのですが、時間があると今度は書くことがないことに気づかされるだなんて。もどかしいものですね。今後は、実のない長話にならないよう気を付けます。

さて、主人がまた手紙を作ったそうなので、同封しておきます。最近ではヒゲなぞを生やして、手入れするのに凝っていて、何だか汚らしいようですが、哲学者めいた厳めしい感じもいたします。文字をちびちび並べている様も、高尚な戯れをしているように見えてしまうので、滑稽です。いったい何を書いたのやら。どうぞフミエさん、私に代わってお楽しみください。

衣替えの季節ですが、お風邪などお召しにならないように、どうぞご自愛ください。

草々

〔同封された夫からの手紙〕

ハイケイ

ソウ春ノ候　お変わりアりマセンか。

サテ、ワタシハトイウト、再シュウ職いタシマシた。

シンギヨウムは大へん多ボウナリ。ヨ暇ヲ見ツケて、コツコつ手紙ヲ認めてイマス。

ショク場ノ向カイニ、パチンコやガアリマスガ、オープンマエになるト、人がゾロゾロ集マつテ来マス。

多シユ多ヨウナ人ガクルのでオドロきマス。ユウビン局のお客サマハ、ご年配ノ方ガほとんドでしタガ、パチンコヤニハ、老若男女ガ来マス。モチロン未成年ハダメでスガ、大学生ぐライノ年ノ子モ沢山ミカケマス。他ニモ、ヒっソリト並ブ主フノ方ヲ、多スウ見まス。マスクヲしていル人もヨく見マス。店内がタバコくサいノと、うしろメタい気モチがあルカらだと思ワレます。ボウシをカブつている人もよくイマス。

彼ラカら、トカイノヨウスヲキく事ガアリマス。ココヨリ、文字ノシン食ガハゲシイソウデス。

文字ガ降ル原因ニツイテモ、ヨクハナシマス。コトバがソマツニサレテイルカらダと言ワレテイマス。

けレド、ボクハ行方不明ニナツタ文字が降ッテクルのではナイか、とカンガエていマス。文字ノ侵食が都シンブでハゲしいノハ、アイテに届かナイ迷子の文字がココより多いカラでハナイカトいうのガ、私ノ考エでス。

どうでスか。ゼン回ヨり、上達しタでしよう。それでハ、オ元気で。

このノ手紙が、無事に届きマスヨうに。

ケイ具

〔三月七日消印　S夫妻より〕

＊

前略
フミハルくんのおたふく風邪の加減はいかがですか？　入園式には出られましたか。たくさんのお友達に出会えるのを楽しみにしていたでしょうから、本人も悔しいでしょう。
ミチノブもよく行事の前に体調を崩して、お休みしていました。イベントごとが近づくと、なんだか寝られなくなるようです（大人になってからも、本人が体調を崩すと、何か大事な仕事が控えているのではないかと勘繰ったものです）。でも今は辛抱が肝心です。しっかり治してくださいね。病気が治れば、きっとすぐにいろんな子と仲良くなれるでしょう。
さて、フミハルくんの入園と共に、待ちに待った桜の季節がやってまいりました。まるで町に灯りがともったようです。

私は春になると、いつもの散歩のルートを変えて、近くの寺の名を冠した大きな溜め池まで足を延ばします。その周囲を桜並木が取り巻いているのを、きっとフミエさんも覚えていることでしょう。ミチノブと婚約の報告に来てくださった時に、一緒に訪れた場所です。あの日は二人が春を運んできてくれたような暖かい日でしたね（私にとっては、忘れがたい一日です）。

ここの桜は、本当に見事としか言いようがありません。それこそ桜の散る頃には、池が花びらで覆われてしまい、池の魚は、桜色の空を仰ぐことになります。

さすがの文字らも、この桜の園には尻込みするようです。幹や枝を絡めとろうとも、つぼみにまでは手が出せないのです。文字が根や土を覆い尽くしてしまって、桜の樹は、ろ過を繰り返して、純粋なエキスだけを枝の先へ届けるのでしょう。ふっくらしたつぼみが花開き、けがれなき純潔を陽のなかにとき放つのです。

私たちの目は、その麗しい姿に引き寄せられ、空を埋めつくす花弁に心奪われます。文字のことなぞ忘れ、春だけを存分に味わうことができるのです。なんと素晴らしいことでしょう。できることなら畔《ほとり》のベンチに腰掛け、桜の樹が夕日に影を編まれ、夜の底に沈むまで、いつまでもいつまでも見ていたいものです。

もちろん、お花見をしているのは私だけではありません。文字のこびりついたブルーシートの上で、毎日酒宴が開かれています。私はすっかり一人に慣れてしまいましたから、寂しいとも羨ましいとも思いません。たくさんの花見客に囲まれながら、一人でお弁当を広げ、誰にも気を遣わずいつまでも宙を見上げて悦に入っています。満開の木の下に女。まるで「桜」の字の形みたいです。

時には知った顔に出くわすこともございます。ほとんどはミチノブの同級生の親御さんですが（今では疎遠になってしまいましたし、特に話すこともないので、ろくに言葉も交わしません）、一番よく見かけるのは、先回も話題にしました新井さんです。

本当に交友関係の広い方で、毎回、違う方とお花見に来られます。私を見つけると、いつものように大声で近寄ってきて、お連れの方と引き合わせてくださるのですが、あまりに大勢の方を紹介してくださったので、覚え切れませんでした。比較的印象に残っているのは、茶色い髪の毛の先に文字ではなく米粒をつけたご婦人と、普段お世話になっている食料品店のオーナー夫人ぐらいです。新井さんのご主人にもよくお会いします。何でも、宅配のお仕事をされていて、そのために幅広い人脈があるそうです。新井さんとお話ししていると同じ町内にこれほどの人が住んでいたのかと、改めて驚かされます。

桜の咲いた池の畔は、本当にすてきな場所です。私は時間の許すかぎり池の畔に佇んだあと、意を決して家に足を向けます。夢は夢で終わるべきでしょう。桜が私たちの心を虜にするのは、それがひとときだけ姿を現す存在だからです。やがて終わりを迎えることを約束された、季節の宴だからです。

帰り道、私は下を向いて、一心不乱に文字を見つめて帰ります。春の宴でなく、文字のある世界こそ、私たちの日常なのです。彼らには、桜のような慎ましさはありません。それともいつか、文字たちも跡かたもなく消えてなくなる日が来るのでしょうか。以前のように色とりどりの景色が戻ってくるのでしょうか。そんな素晴らしいことが起こってくれるのなら、私は何でもいたしましょう。

しかし、時間は決して逆戻りいたしません。ひたすらに積もっていくのみです。

この文を作っている間にも、桜は少しずつ散りゆき、ついには葉桜に留まっていた最後の花弁も風にさらわれてしまいました。そうなると、はじめから分かっていても淋しいものです。また殺風景な窓からの眺めだけが残されました。

赤いポストだけが降り積もる文字を拒んでおります。主人は近頃、非常に上機嫌で仕事へ出掛けて行きます。前もあんなだったかしらといぶかしんでしまうほどです。

フミエさん、少しご相談したいのですが。いえ、〔文字が剝がされた跡〕大したことではありません。実にささいなことなのですが、主人に関して少々困ったことがあるのです。家を出ていく時に、主人が家の文字を持って行ってしまうのです。どうやら職場で手紙を作るのに使うようなのですが、一言ぐらい断ってくれても良いと思いませんか？ あの鞄のなかに、わたくしが必要とする文字があったら……と思うと、無性に腹立たしくなります。初めて鞄に文字を詰め込んでいる現場を見た時には、主人が何をしているのか、理解が追いつきませんでした。だって、文字は、職場にもいくらでもあるはずなのですから。

最近では、私にとっては家の中だけが貴重な文字の収集源なのです。文字に関する規制が、また一段と厳しくなってきたからです。

家が降り積もった文字に押し潰されるという話はすでにしたかと思いますが、文字に押し潰されるのを恐れて、逃げるように家を捨てる人が増えてきました。もちろん、家を離れることもそこに住む人の権利かもしれませんが、問題は放置された家が文字で溢れ、押し潰されると、そこが文字の掃き溜めになってしまうことです。逃げ出すのは家の管理を放棄することであり、近隣住民に迷惑をかけることに直結するのです。

空き家に文字が不法投棄されるケースも増えているそうです。夜な夜なバケツに文字を詰めて、放置された家に放り込むのです。と言いますのも、昨年の暮れごろから、文字の回収日が増えた代わりに、ごみ出しの量が一世帯につき一回二袋に限定されてしまったのです。（むろん、この制度についてはいくつかの反論が出ました。各家庭によって家の大きさが異なりますので、平等に二袋ずつですと却って不平等です。それに原則、一家族で二袋と言ったところで管理する者も監視する者もおりません。今のところ、出せる枚数の袋を配ることで、管理しようという腹づもりのようですが、毎度二袋分の文字が出るわけではありませんし、あまり賢い方法だとは言えなさそうです）

放置された家や文字で潰された敷地には、「立ち入り禁止」の黄色いテープが張られています。でも、そのような「文字」が今さら効力を持っているのか、はなはだ疑問です。

不法投棄を取り締まる、警察の夜間の見回りも増えましたが、お決まりのコースを回っているだけなので、さしたる牽制にもなっていません。

私も疑われても困るので、あまり外で文字を拾わなくなりました（実際には、文字を減らしているのですから、良い行いをしているはずなのですが）。特に新井さんにでも見つかろうものなら、あっという間にあることないことひっくるめて、話を広められてしまいます。

そうそう、今度新井さんが我が家へお食事に来られることになりました。私が花見のときにひろげていたお弁当をいたくお気に召して、しつこいぐらいに話題にされるので、昼食にご招待したのです。言い出したからにはそれなりのものを振る舞わないといけませんので、思案に暮れています。昨日会ったら、友達も誘ったとおっしゃっていたので、少々気が滅入っています。日取りは少し先にしてもらいました。誰かをお招きする機会など絶えてなかったものですから、色々と大変です。ひょっとしたら、フミエさんとミチノブと一緒にテーブルを囲んだのが最後だったかもしれません。しばらく準備にバタバタしそうです。この機会に、お鍋や食器を買い替えようと思いますので、近いうちに街まで買い出しに行くかもしれません。最近は町の外といえば、市役所ぐらいにしか足を運んでおりませんので、それだけで私にとっては一大事です。買い忘れのないように、今、購入リストを作っているところです。

手紙を作りはじめると、楽しくて、ついつい長くなってしまいます。フミハルくんの看病や相手をするので忙しいでしょうから、返事はご無理なさらず。老人の独り言とでも思ってくださいませ。

主人も一筆認めたそうです。例によって封がしてあります。私に読ませられないことでも書いてあるのでしょうか。同封いたします。

あの、もし万が一、何かお気づきのことがありましたら、(過去の手紙のことでもいいですから)おっしゃってください。

それではまたいずれ。

草々

〔同封された夫からの手紙〕

拝啓

若葉萌える好季節トなりましタが、いかがお過ごしでしょうか。

アレから文章ヲ作ル練習をたくさんいたしマした。その中でトアル大発見ヲしましたので、ご報告しマす。

それハト言ウと、文字を組み立てるノニ必要ナ欠片が、イツモどこかカラ現レルノデス。マルでこちらノ気配ヲ文字ガ察してイルかのヨウです。こチらが求めルと、それマで無意味に溜まつていルと思つた文字ノ山から、必ずや目的にかなった欠片が見つかルのです。

不思議ヾス。職場ノ文字溜マリ以外ニも、家之文字クズデモ試シマシタが、ドウやら間違いありマセン。求メレバ見つかルのです。タだし、ネダル程度デハダメです。例えバ「鬼」ヲ見つけタので、「チミモウリョウ」トいう文字を綴ろうと思いたつても、頭にその字面が正確に浮かんでいないとダメです。心から、その言葉を欲していない場合もなにも見つかリません。

あるイハ、思イガケナイ字を見つけて、書コうと思っていタ言葉が変わるコトモよくありマス。先ホド文字を「綴」ると書きマシタが、当初ハ「作」ると書くつモりでしタ。しかし、「叉」の塊が目についたノで、つづるに変エました。

そうかんがえると、タイミングよく文字が見つカルのは、もしかするト目に入った欠片で、文字を遣り繰りするルためかもしれません。言葉が発せらレる前にハ、脳ノ中でムスウの足し引きが行ワれていルハズです。ケレど、一たび文が完成してしまうと、あたかモそれが、ユイ一の選択しであったかの様に見え、一個のキセイ事実として我ラの頭を占領シ、本当に探していた文字ノ事を忘れてしマうのかもしれませン。

などと、文字の導キのママ、普段ハ思ってもみないことまで書いてしまいマした。

ところで、今度、街に出かケルことになりマした。妻ハ浮かれていますが、ボクはなんだか悪い予感がシマス。職場で、文字が群居した街のウワサをよく耳にします。

向かいのパチンコ屋で、郵便局時代ノお客サマをちらほら見かけるのですが、Nサン（名前は守秘ギムで明かせません）という、笑くぼが素てきな魅力的ナご婦人がいます。いつモ身ギレイにされていて、局勤メの頃には、お金ヲ下した後、どこへ行くノだろうト思っていましたが、まさかパチンコとハ。まだお若いのに、時間とお金を浪費してはいけナイとアドバイスしたくて声ヲカけタノでスが、なかなか本題ヲ切り出せません。その代ワリに市ガイ地の様スヲ聞かさレます。文字の堆積がスサまじいそうです。彼女の話を聞いていルと不安が募ります。

余リ出掛けたくハありません。

乱文ジにて失礼いたしました。

敬具

P.S.
この手紙が迷子にナリませヌように。

〔五月十一日消印　S夫妻より〕

＊

前略
お返事も来ないうちに、次のお便りを送り付けてしまいましたこと、どうぞお許しください。前の手紙が、何だか歯切れ悪くなってしまったのを謝りたくて。どうかお気になさらないでください。手紙もそこに表わした言葉も、一度手放した文字は二度と取り消すことができないのですね。そのことを心がけて、文字を並べなければいけません（自戒を込めて）。
次の週末に、いよいよ街へ出掛けることになりました。次の便では、なにか目新しいニュースをお伝えできるかと思います。それではまた。

追伸
フミハルくん、入園おめでとう（前回、書き忘れましたので）。おともだちは、もうたくさんできたかな？

〔五月十五日消印　S夫人より〕

＊

冠省
フミエさん、悪い予感が的中してしマいました。危惧しタ通り、町はひどい有様で、妻が寝込んでいマす。
電車カラ降りルと、街はまるで影に呑ミこまれてシマつたみたイに、壁という壁が文字に覆わレていまシた。文字の隙間から電光が覗イていましたが、それも、光の断片が散見さレルだけで、意味を成しておりませんでした。ネオンや電光掲示板が、原形ヲとどめないほド文字に覆われていたかラです。看板もレイ外でハありません。かつての店の看板や建物の表札は、文字に埋もれてしまっています。どれがドノ建物だか、わかりません。黒々とした巨塔がただタダそこここに建っているだけです。文字が文字に寄生され、識別さえできないダなんて。思わず目を覆いたくなるようナ惨状でした。

文字はそこで暮らす人の神経モ冒してしまッたに違いありません。人々はうつろな顔デ歩き回り、肩が軽く触れるダケで、舌打ちやヒステリックな声が飛び交っていましタ。道を訊ねてモ、冷ややかな目だけ向けて去っていきマス。信号が文字で埋もれていルからか、クラクションの音が絶えズ聞こえ、運転手ハ窓から顔を出しテ通行人を罵倒しながら通っていきました。耳元で怒鳴らレて怒った通行人が、車に文字ヲ投げつけるのも目にしました。

道も文字で覆われていテ、文字で舗装された街をさまよっているト、まるで沼の上を歩かされているような気味悪さヲ足の裏に感じました。カツテノ路面は文字ノ瓦礫に沈んでシまッてイテ、私達ハ分厚い文字の層の上を歩いてイまシタ。そのたメ、お店の入り口が、道よりも低い所にあったりもしました。マルで、異国に迷い込んだようナ気が致しました。カカトの高いクツを履いた若い女性が、周囲に気をトられて足元もおぼつかナい私たちヲ押しノケ、ブゼンと歩いてイきました。

妻が寝込んだのもムリありません。ボクは仕事がアルのでそうもいかず、せっせと職場に通っています。

妻がフミハルくんにといって、雨がっぱヲ買いました。本人に代わってお送り致します。何ハともあれ、無事に届きますように。

不一

〔五月二十三日消印　S氏より〕

＊

フミエさん、すっかりご無沙汰してしまいました。少しぼんやりしていただけなのに、もう夏だなんて。

フミハルくんが、雨合羽を気に入って使ってくれたそうで嬉しいです。こちらでは、雨が降ると文字が粘つき、外を歩くのに苦労します。雨の日は、家に閉じこもって、二階の窓から黒い道を行き来する、カラフルな傘を眺めるのにかぎります。

　ここのところ何もせず、漫然と家にいることが増えました。主人からの手紙に書いてあったと思いますが、街へ出かけた疲れが出て、しばらく寝込んでしまいました。そんな有様ですので、新井さんとのお食事会も延期させてもらいました。久々の遠出が体にこたえたのもありますが、とにかく、街が文字にひどく侵食されている様子にショックを受けました。

　文字が文字だと分からないほど、街全体が魔窟のように黒く汚れていました。何も建物の外ばかりではありません。外に比べれば多少マシでしたが、建物の中も至るところ、文字、文字、文字です。床だけでなく、商品にまで文字が積もっている始末です。私は辟易としながらも、息を押し殺すようにして買い物をしました。ここまで来て、こんな思いまで味わって、手ぶらで帰るのが嫌だったからです。でも、陳列された鍋のふたを開けて、その中にまで文字が入っていた時には、素直に引き返せば良かったと後悔いたしました。しかし信じられないことに、周りの客はそれで平気なのです。店員に至っては、文字のこびりついた商品をぐいぐい薦めてきました。私と同じ年頃の方でした。文字が混入していたことへの詫びも、申し開きも一切ありません。耳元で大きな声を浴びせかけられ、目の前が暗くなるような気がいたしました。まるで野戦病院へ迷い込んでしまった気分です。

　街で夕飯を食べて帰るつもりでしたが、あれだけひどい有様ですと、料理にもどれだけ文字が混ざっているか分かったものではありません。文字でなくても、黒いものがお皿に載っているだけで気が滅入るでしょうに、喉を通って、文字がわんさと体の中に入って来るのを想像しただけで食欲が失せます。私たちは買い物を済ませると、そそくさと逃げ帰るように街を後にしました。

その帰り道の駅の構内で、また一つ、信じられない光景に出くわしました。文字の降り積もった、何の変哲もない通路でのことです。そこに一か所。文字が掃き寄せられたようにこんもりと溜まっている場所があったのですが、その文字溜まりが突じょ、むくむくっと盛り上がって動きだしたかと思うと、汚い身なりの男が現われたのです。それこそ文字から人間が生まれたみたいでした。

私たちは身の危険を感じて、その場から走って逃げましたが、思い返してみると、きっとホームレスの人が新聞を布団代わりにうたた寝しているうちに、その上へ文字が降り積もって覆い隠してしまったのだと思います。

それにしたって、一寝入りしている間に元の姿が見えなくなるほど文字が積もるなんて、私には到底耐えられません。たとえ強制されたとしても、あんな界隈で暮らしたくはありません。毎朝、文字にまみれながら、わざわざあそこへ通勤するなど、まっぴらです。街では始終、怒鳴りあう声が聞こえてきました。道を行き交う人は、他人を気遣う余裕もなく、不満をぶつける矛先を探しているかのように、苛立っていました。ああはなりたくないものです。……主人は帰りの電車で、だから言わんことじゃないと吐き捨てたなり、黙り込んでしまいました。そもそも主人は家を出る時から乗り気ではなく、街に着いてからも買い物を手伝ってくれる素振りも見せず話しかけられるのさえ嫌そうでした。

私がうろたえていたのは分かっていたはずなのに。そのせいで私がどれほど心細かったことか。まるで、知らない場所に置いてきぼりにされたようでした。目から涙が溢れそうになりながら、もう、早く家に帰りつくことばかり考えておりました。

家の最寄り駅に降りて、新鮮な空気が肺に触れたときには、本当にすっといたしました。文字が薄く積もった、我が家の屋根が見えたときにはありがたさから涙がこぼれました。

街から運んできてしまった文字を、これでもかというほど丹念に落としてから玄関をまたぎ、二人して上がり框《がまち》に腰掛けました。本当は塩をまいてお清めをしたいぐらいでしたが、もう限界でした。ため息をつくと、手のひらでひやっとした木の感触を確かめながら、しばらく一歩も動けませんでした。本当に長い一日でした。文字のスコールに打たれて、体の芯まで冷えてしまったみたいにぐったりとしてしまい、翌日から寝込んでしまったのです。

体を起こすのに、ずいぶんと時間が掛かってしまいましたが、気が塞ぎ、頭がギンギンと痛む中、フミエさんにお手紙を送ることばかり考えていました。そうすることで気力をなんとか保つことができたようです。

　あれだけ苦しめられた文字に、今度は救われた気がするだなんて、なんだかおかしいですね。でも、銀色に光るピンセットの先でつまみあげ、白紙の上に、フミエさんへ宛てる言葉を綴る時だけ、文字がどこか愛おしく感じられます。

　手書きにすればもっと早くお手紙を差し上げられたのでしょうが、字を書くという発想がすっぽりと抜け落ちていて、気がついたときには今さらと思い、そのまま作ってしまいました。却って、それが良かったような気もいたします。学生時代はとりたてて良い成績を修めたこともありませんが、自分だけの小さな頭で、一生懸命に考えを反芻しながら、紡ぎだした言葉だからこそ、大切な気がいたします。

　フミエさんにはご不快な思いをさせたかもしれませんが、どうぞご容赦くださいませ。

草々

　追伸
　フミエさん、ついでながらもう一つ、打ち明け話をさせてください。ここ最近、街に出かける前から、わたくしが気にかけていたことです。
　街で苛立ったのは、もしかすると、そのせいもあったかもしれません。他人様に言うのは憚られるような、つまらないことなのですが、どうしても誰かに打ち明けてしまいたいのです。わたくしの我儘に、どうかもう少しだけお付き合いください。

わたくしと主人は、出勤前に、散歩へ出かけるのが近ごろの習慣になっていました。できるだけ山の手を通りながら、町内をぐるりと一周して戻って来るのです。

その日は、卸したてのランニングシューズを履いて出かけた日でした。家を出て数歩のところで、わたくしは慣れない靴に違和感を覚え、靴ひもを緩めようと立ち止まりました。主人は気付かず、さっさと行ってしまいました。いつものことですのでさして気にも留めず、私は靴ひもを結び直しました。しゃがみこんだまま、文字の散らばるアスファルトを踏んで何度か足の調子を確かめたあと、ふと隣りのお宅のアジサイに目をやりました。

冬場だったので、紫陽花はまだ芽も出ていなかったのですが、文字がこんもりとたまって緑に覆われているときのように見事な枝ぶりです。するとその一番上に、いじらしく載っている文字が一つ、目につきました。つまみ上げたら、偏と旁の接点がいまにも千切れてしまいそうな、それでいて完璧なバランスを保った「倫」の字でした（これがその字です。美しいと思いませんか）。

あの字ほど文字らしい文字には、めったに出会うことができません。私は惚れ惚れしてしまい、しばらく見とれていたのでしょう。おい、と主人に呼ばれました。まるで犬にでも言うような口調でした。主人は、どうかしたのかと問いたげに、こちらを見ておりました。私はとっさに、何でもないと言って、主人のところへ行きました。主人の態度が気にくわなかったのもあります。この時の気持ちを正直に言っても、どうせ分かってもらえないという思いもありました。主人は何も気付かず、黙々と先へ歩いていきます。わたくしは黙って後へ付いていきました。

少し落ち着いてくると、今度は、もう一度あの文字を愛でたいという気持ちが湧いてまいりました。だって、足があれほど綺麗に生えそろい、なおかつ凛とした冠を戴いた文字は、そうそうお目にかかれるものではありません。できるのであれば、ピンセットでつまみあげて、小瓶の底に封じ込めたくなりました。窓辺に並ぶ文字のコレクションのなかで、新たに隔離された「倫」の字はどれほど美しく映えるでしょう。そう思うと、是が非でもあの字を手に入れたくて仕方がなくなりました。

散歩の帰りもわざわざ隣家の前を通るようにして家に入り、文字の無事を確かめました。それから主人が出ていくのを今か今かと待ちわび、主人が出勤してからは、どうやってあの文字を回収すべきか思いを巡らしました。ご近所さんの手前、あまり目立つことは避けなければいけません。たやすく文字を拾えた頃が、懐かしくてたまりませんでした。しかし、何度自分に言い聞かせてみても、「倫」の字が気になって何も手につきません。どうやってあの子を回収しようかと考えていると、家事もろくに手に付かず、掃除機を持ってもコンセントを挿し忘れていたり、洗濯が終わった音を聞いて立ち上がったのに、廊下を歩いている間に何をするつもりだったのか忘れていたり、自分でも笑ってしまうぐらい、私は上の空になっていました。

昼間はどこから見られているかわからないので、夜になってから闇に乗じて――とも考えてみましたが、それでは肝心の文字が見えなくなってしまいます。手元が狂って、せっかくの文字が千切れてしまっては、元も子もありません。

わたくしは思い切って、あの子を取りに行くことに決めました。私が拾い上げなければ、あの文字は綺麗な姿を誰にも見てもらうことなく、できそこないの文字のなかにこのまま埋もれてしまう運命なのです。小瓶をもっていくのはさすがに憚られたので、ピンセットとタオルを手に私は外へ出て、文字のところへ急ぎました。

「倫」の字は、美しい形を留めたまま、記憶通りの場所にありました。間違いなく完璧な形の「倫」の字でした（もう一度、本物のあの文字をみてください。溜息が漏れませんか？）。私は胸をなで下ろすとともに、一瞬だけ見惚れてから、手早く、それでいて可能なかぎり慎重に、文字の採取に取り掛かりました。「倫」の脚先を摘まみ、ぺろっと他の文字から剝がしました。両脚をあげて股のちょうど真ん中らへんから、「目」の底辺に当たるところにピンセットをそっと入れ、力加減を間違えないように持ち上げてゆきます。一本目の線を突き抜けると、さらにもう一本奥の線へと向けて、銀の切っ先を挿しこんでゆきます。そうやって、徐々に頂点へ向け、ピンセットの矛先を掻いくぐらせて、字の完璧な調和を崩すことなく「侖」の屋根部分に至りました。

さて、残すは「亻」だけでしたが、日ごろの鍛錬の賜物でしょう。わたしは、その「倫」の字を傷つけることもなく、文字のかたまりのなかからぴろりと剝がして、白いバスタオルの上に置くことができました。

そのままタオルごと抱きかかえて帰ろうと思った矢先に、すぐ脇にあった文字に目が惹き付けられました。いえ、正しくは「倫」の字を剝がす時に目に入って、もしやと思ったのです。それは「主」の字でした。それも「丶」と「王」がわずかに繫がっている個体でした。私は息をつめるようにして、それもピンセットでつまみあげ、バスタオルに包みました。それから慌ててもう一度その周りを探ると、あるわあるわ、三つも綺麗な文字を発見いたしました。探せば、もっとあったのかもしれませんが、あまりに長時間、よその家の軒先に座り込んでいたので、さすがに気が引けて、それ以上探すのはあきらめました。誰にも見咎められなかっただけで、僥倖と言うべきでしょう。

家に入ってから、バスタオルをそっと開いて、採ってきたばかりの文字を眺めました。最後に拾ったのは「中」と「不」と「人」の字でした。お互いに手を繫ぎ合っているように、ぴたりと寄り添い合って落ちていました。どれも見事な字の形をしていて、見つめるだけでうっとりしてしまいます。私は一つ一つ手に取って、呼びかけるようにその文字の音を口に出しました。

それから靴を脱いで、窓辺の文字のコレクションのところまで行くと、空いた小瓶を一つとって、掌から透明なガラス張りの小部屋に、それらの文字を慎重に零し入れました。しっかりと蓋をして封じ込めると、朝から満たされなかった気持ちが取り除かれたようにすっといたしました。小瓶をからころと振って（と言っても、文字はうまく転がってくれませんが）、閉じ込めた文字を絵本に見入る子供みたいにじっと見つめておりました。

そこまでは良かったのです。ところが、私は文字のフォルムでなく、その文字が指し示す意味を汲み取ってしまったのです。それまで日なたでほのぼのとしていた私の気持ちは、崖から突き落とされたように、真っ逆さまに落ちてゆきました。

それ以来……、五つの黒い文字が頭にぴったりとこびりついて、離れてくれません。あの晩、そのことを主人に言って、笑い合っていればすべては済んでいたのかもしれませんが、どうしてだか、私にはそうすることができませんでした。隣の家から偶々見つかった文字なのですから、さほど気にしなくても良いのかもしれません。でも、ひょっとすると、私が外で文字を拾っているのを見ていた人が、こっそり教えてくれようとしたのかも知れません。いえ、考え過ぎなのは自分でもわかっています。

私は一生懸命に、文字を並べ替えて、違う文字列を作ろうとしましたが、うまくいきません。最後には同じ文字列ができてしまいます。字が足りないのではないかと、何度かお隣さんの前を行ったり来たりしましたが、他に完全な文字を見つけ出すことはできませんでした。やはり、あの五文字は五文字で揃っているように思われます。

一度気になりだすと、主人の言動が逐一怪しく見えます。近ごろは仕事に行くのが楽しそうだったり、以前より家事の手伝いをよくしてくれたり……外に女の人ができると、男はかえって優しくなると聞きます。二人で朝の散歩に行こうなどと、柄にもなく主人から誘ってくれたのもそのためだったのかもしれません。(その散歩も、街に出かけてから、気が塞いで行けておりません。それでも主人は毎朝誘うのですが、私が断っても気にせず一人で出かけております。なんだか情けない気持ちです)

もし主人が不実を働いているのだとしたら、新しい職場でだと思うのですが、フミエさん、主人の手紙の中にそれらしいことは書かれていなかったでしょうか。もしも気づいたことがありましたら、私だけにわかるように、こっそり教えてください。

本当にあんな文字など拾わなければよかったのです。それもこれもみんな文字のせいです。いい大人がみっともない泣き言を言ってしまって、ごめんなさいね。文をしたためたら、何だか胸が少しすっといたしました。あの五文字とこれで離れ離れになれるからかもしれません。

またお時間ができたらで良いので、お返事を心待ちにしております。それでは、また。

草々

〔消印読み取れず　S夫人より〕

＊

フミエさん、フミハルくん、お元気ですか？

前回のお手紙では取り乱してしまい、ごめんなさい。たいそうビックリされたことでしょう（思い当たる節がないとのお返事も、ありがとうございます。きっと私が勘ぐりすぎたんだと思います。どうかお忘れください）。

最近のこちらの空は、どことなくくすんでいる気がいたします。晴れた日でも、なかなか寝床から動き出そうという気が湧いてきません。薄暗く、どんよりとした空が続いています。だいぶ調子も戻ってまいりましたが、空模様に引きずられてか、まだ本調子とはゆきません。気持ちを前向きにと努めているのですが、うまく行かないことが多いです。

新井さんとのお食事会のときもそうでした。朝、目を覚まし、私は憂鬱な気分に陥りました。寝る前にあれほど一生懸命に取り払ったのに、目覚めたら枕に、黴が生えたみたいに文字が点々とこびりついていたからです。私が布団の中でじっとしている間に、主人はポストを磨き終えて帰ってきました。その気配を感じながら、目にたまった涙がこぼれ落ちました。そのまま主人の出勤も見送らず、今日のお食事会を中止する手立てはないものか、布団のなかで、あれこれ必死に考えを巡らせました。けれど、すでに二度も延期してもらっている上に、今日の今日ではさすがにどうすることもできません。観念して、文字のこびりついた洋服ダンスから服を引っ張り出し、身支度を整えました。

正午を少し過ぎた頃に、新井さんたちはお越しになりました。新井さんの他に三名の方がお見えでしたが、私の知らない方ばかりです。どういった了見で見知らぬ人間の家へ食事に来られるのか見当もつきませんが、まがりにも他人の家に来るのだから、靴についた文字ぐらい払って来ればいいのに、皆さま真っ黒な靴のまま、ずかずかと我が家に乗りこんできました。けれど、いくらそんなことを申し立てたところで、どうにもなりません。私はありったけの元気を振り絞って、御一行をリビングへお通ししました。

どうやら皆さま同士は面識があるらしく、うちとけた様子で我が家の印象を好き勝手お喋りなさっていました。新井さんは、ひときわ大きい声で、部屋が片づいているのを誉めてくださったかと思うと、自分の家ではイヌが駆けずりまわるのでそうはいかないと、すぐにご自慢のトイプードルの話を始めます。私は適当に相槌を打ちながらも、先延ばしにしたところで後がしんどいだけですから、皆さまを食卓へ誘う機会をうかがい、話がひと段落したところでダイニングへ席をうつして、料理を振る舞いはじめました。

前菜をお出ししたあと、トマトのグラタン（中をくりぬいて、具とチーズと混ぜた後、オーブンで焼きます）の準備をはじめた頃には少しばかり調子が出てきて、皆さまのお話に加えていただこうという気にもなりましたが、なにしろ料理をしながらですので、座ったと思った端から台所に立ち、また戻ったと思ったらすぐに火加減を見に行ったりの連続です。他愛のない会話も半分しか聞いていないとよく判りませんし、そのうちにまた気持ちが萎えてきて、台所で立っている時間が自然と長くなりました。

グラタンは、トマトの皮がシワシワになって焦げ目がわずかに付くぐらいがベストなのですが、なるべく時間が掛かればいいのに、などと考えていたら少し焼きすぎてしまいました。失敗すると嫌な気持ちが余計に募りますが、真剣に料理をしなかった自分が悪いのです。……などと自己嫌悪に陥っていたち、グラタンを出すのが遅くなって、冷めてしまい、すべてが気詰まりでした。

その後、夏野菜の冷製スープを出し、気を取りなおしてメインに取りかかりました。メインはがらっと雰囲気を変えて、雑穀ご飯を中心とした和食にいたしました。筍《たけのこ》と蕗《ふき》を炊いたもの（筍は、お食事会が決まったころから真水につけて保存していたものです）と、たらこと糸こんにゃくの炒り煮、揚げ茄子と厚揚げの煮浸しを添え、木目のきれいなお盆に載せて振る舞いました。もちろん、温かい汁物も出しました。土鍋でゆっくりと煮込んだお味噌汁です。我が家では自家製の梅干しを入れるので、その分お味噌は薄めにしてあります。それから、どの料理にも文字を細かく刻んで入れました。

お客さまのなかに、料理店を経営された経験のある方がいらしたのですが、シンプルな食材なのに豊かな味が出ていて素晴らしいとおっしゃってくださいました。他の方々も口々に美味しいと……。あの日、もっとも嬉しかった瞬間だったかもしれません。作ったものをあれほど褒められたのは、初めてのように思います。ご飯なんて毎日三度三度、当たり前に作るものです。最近でこそ体調を崩しておろそかになりがちですが、主人にも朝晩、それからお弁当を休むことなく作ってきました。それなのに、ろくに感謝された覚えがありません。当然のように食べ物を口にする姿や、弁当を持っていく姿ばかりが目に浮かびます。

けれどもよくよく考えると、新井さんたちのあれは、単なる社交辞令だったのかもしれません。皆さまが口にされた言葉はすぐさま、どこそこのレストランはおいしくないだとか、あそこのコーヒーカップにはシミが残っていただとか、ほかの話題のなかに埋もれて消えてしまいました。それに、新井さんなどはずっと喋ってばかりいて、本当に味が分かっていたかどうかも疑わしいものです。口に物が入っていても気にせずお喋りなさいますし、口を開けていない時には代わりに食器をガチャガチャと鳴らしていて、せっかく新調した食器を傷だらけにされるのではないかと、いらぬ心配までしてしまいました。

食事がすむと、またリビングへ移って取り留めのない会話をいたしましたが、本当に実のない話ばかりでした。いえ、実がないだけならまだ我慢できたかもしれません。彼女たちの口から、お鍋が噴くみたいに次から次へこぼれる内容は、他人さまの陰口や小言ばかりなのです。コレヤカラさんがいかに不潔で怠惰きわまりないかとか、そのお隣さんはこっそり文字を捨てているに違いないとか、嘘もほんともひっくるめて、嫌そうな表情を浮かべながら嬉々として言葉を投げつけあっているのです。

私は途中から、視線を外して部屋のすみを眺めていました。すると部屋のあちこちに積もった文字が自然と目に付きました。この日のために降り積もった文字を一つ一つ竹串で剝がし、念入りにお掃除したつもりでしたが、結局は無駄だったようです。テーブルにもソファにも文字が残っていました。その上、部屋から出た大量の文字は、どれだけぎゅうぎゅうに詰め込んでも、配布された袋には入りきらず、他の部屋へ移しただけなのです。その部屋の光景を思うと、朝の枕の様子がよみがえってきて、もうすべてを投げだして叫び出したいような気持ちになりました。

お客様に対しても、何かと嫌なところばかりが目につきます。膝を払って文字を落としただとか、わざとらしい笑い声、これ見よがしにはめている大粒の翡翠の指輪やまぶたのシワに溜まったファンデーション……。どこかよそで私の悪口を散々言っても構わないから、早く帰ってくれさえすればどれほどありがたかったことか。それなのに彼女たちは私にはくすりとも笑えない話で喜びあっていて、帰ろうという素振りは一向に見せませんでした。

彼女たちがようやく腰を上げたのは、日も沈みはじめた頃で、主人が帰ってきた時でした。新井さんはもうそんな時間かしら、と白々しく言って帰り支度をはじめたのですが、最後までやはり彼女らしく、すぐには腰を上げてくれません。こちらが苛立つのを分かってやっているのではないかと疑うほどでした。主人と二人で玄関まで見送りに出たのですが、そこでも今日の料理の感想から話を蒸し返して、壁に貼りついた文字みたいになかなか離れてくれませんでした。

主人も主人で、適当にあしらってくれたらいいものを、頼りがいのありそうなご主人で羨ましいとか、文字落としもせっせとしてくれるだなんて、うちの旦那と取り換えてほしいわ、といった見え透いたお世辞に気を良くしてか、頬を赤らめながらにこやかに応対するばかりで、話が長引く一方です。日もとうに暮れ、辺りはうす暗くなっていたのですが、玄関の電気をつけずにいたのを、主人は無造作にスイッチへ手を伸ばし、つけてしまいました。

新井さんたちがようやく帰ってくれた時には外は真っ暗、ドアが閉まると、ようやくいつもの静寂が家に訪れました。もうへとへとです。玄関先でじっと立ったままだったので、足の裏が痺れて、リビングに戻るのもやっとでした。

ソファに倒れ込むつもりで、一旦台所に器を下げてから戻ると、いつもの如く手洗いとうがいを済ませた主人がどかっとソファに腰掛けていました。さも、俺は仕事で疲れているんだと言いたげです。

いい加減にしてほしいと思いました。怒鳴り声をあげる寸前でした。でも、口論するのもうんざりでしたから、洗い物もせずそのままさっさと二階へ上がり、早々とお布団に入りました。しばらくして、主人が様子を見に来ましたが、知りません。どうせ、お腹が空いたのでしょう。一人だと冷蔵庫の中身もわからないのです。そんな他人に、夫婦というだけでなぜ三度三度、ご飯を作ってあげなければいけないのでしょうか。ご飯が当たり前に出てくると思い込んでいる、あの締まりのない顔を思い出すだけでイライラします。

お弁当を持たせなくなってもう大分経ちますが、どこかでカップ麺でも買って食べているのでしょう。気にする様子も別段ありません。毎朝、せっせとお弁当を詰めていたのは、いったい何だったのでしょうか。

またくさくさしてきました、ごめんなさい。やはり調子が戻りません。

主人が、また手紙を作ったみたいなので同封いたします。フミエさんに罪はありませんが、そんな余裕があるのなら、もう少しこちらを労ってくれたらいいのに。ポストなど磨かず、家の片づけでもしてほしいです。

お食事会以来、なんだか家の中の文字がどっと殖えた気がいたします。新井さんが意味のないことをいっぱい喋ったせいに違いありません……。

もうやめます。

またいずれ。元気になりましたら。

草々

〔同封された夫からの手紙〕

前略

先日、妻が食事会を開き、好評だッタようです。私も客人と少しばかリ話をしマしたが、上品そうなご婦人ばかりデ（中には勤め先で見知ッた人も混ザッていましタ）、私のような者が何か言うより、そういった方々と食事をした方が妻の励みになるに違いアりません。お客を持て成シたあとの妻は、疲れを見せるのをハバかりませンでしたが、内心ハいたく喜んでいたと思います。下準備に奔走したのヲ知っている身としては、しばらく気ままにさせてあげたいト考えています。

先日、都会の様子を記しましたが、イマでも、夢に彼ラが出てくることがありマス。彼らはわけのわかラナイ言葉を私に浴びせ、ドウ喝してくるノです。更にハ、恐るおそる彼らを見ると、見知った顔が混ざっていマす。勤メ先の向かいノパチンコヤの客でス。Nさんもいます。彼らは私を包囲して、罵声を浴びせかけてきます。私はそこから必死に逃げだし、カギがかかる場所に隠れます。けれど、彼らはアキラめてくれません。群れをなす彼らの声が追いかけてきて、扉のすぐそばまでやって来ます。そして罵声や骨が砕けルような鈍い音がしマす。怖くてぶるぶル震えていルと、いつもソコで危機一髪夢から覚メルのです。ですが、明かりを付けてミてモ、寝床は文字に囲まれています。

不気味ナ話ですが、それが私たちの暮らしなノです。なんだか暗イ話題ばかりですね。次回は明るい手紙を作るとしましょう。

お手紙、無事届きますように。

匆匆

〔八月二日消印　S夫妻より〕

＊

秋の夜長、虫の音の心地よい季節となりましたが、お元気でお過ごしでしょうか。

手紙での励ましの言葉ありがとうございました。お返事を書かねばと思っていたのですが、文字を取る手が鈍っておりました。主人とは相変わらずですが、夏の間のんびりと過ごしたのがよかったのか、体調の方はだいぶ良くなりました。秋の足音が聞こえる頃には、一人気ままな散歩も再開いたしました。

さて、フミエさん、大変なことが起こってしまいました。手紙を作り始めましたのもそれゆえです。混乱していて、どうお伝えしたら良いものかわかりませんが、とうとう恐れていた事態が現実になってしまいました。

コレヤカラさんの家がついに潰れてしまったのです。家のあった場所は、だだっ広い空地に変わってしまっています。おばあちゃんの家は影も形もありません。つい先日まで立派なお屋敷が建っていたはずなのに、今は柱一本見当たりません。文字がすべてを呑み込んでしまったのです。

あるべきはずのものがそこに見当たらないというのは、なんとも不気味なものです。妙な胸騒ぎを覚えます。けれど、正直に告白すると、私はあの文字屋敷が消えていることに初めは気付かず、今でのところで素通りするところでした。何も知らずに家を出て、おばあちゃんの家の前を通りがかった私は、その場を通り過ぎてから、手ごたえのなさに引き返し、違和感の正体を探しました。

何かがおかしいと足を停めて考えましたが、姿を消したものの記憶を呼び覚ますのは、困難を伴うものです。昨日までそこにあったものを必死に思い起こそうとしましたが、焦れば焦るほどうまくいきません。私は一度息を大きく吐いて、深呼吸しました。すると、すっと鼻先に、覚えのある甘い芳香が漂ってきました。キンモクセイでした。おばあちゃんの家の周囲を取り囲んでいたキンモクセイの生き残りが、おびえたように寄り集まって、オレンジ色の花から甘い匂いを発していたのです。その瞬間、おばあちゃんの家の姿がぱっと目の前に浮かびました。

思わず、素っ頓狂な声が漏れ、私はオレンジ色に点々と縁どられた黒い土地を、目を皿のようにして見つめました。でも、いくら見たところで、陽の光を浴びた文字が、生き生きと黒光りしているだけです。

私はどうしていいのかわからず、コレヤカラさんがいないか辺りを見渡しましたが、これだけ奇妙な状況にもかかわらず、おばあちゃんどころか、周囲には人っ子ひとりおりません。家一戸が潰れたのですから、その瞬間には大きな音がしたはずです。誰もいないところから察するに、それからずいぶんと時間が経っていたのだと思います。

もしかしたら危機一髪、難を逃れたおばあちゃんが、どなたかの家に避難してはいまいかとも考えましたが、あのコレヤカラさんが、そんなに身軽に動けたとは思えません。きっと文字のなかに埋もれてしまったのです（実際今日まで、ナカソネのおばあちゃんが無事だったという話は伝わっていません）。

以前に申しましたが、文字で埋もれた家は捜索されません。無駄だからです。人力では、動かすことができないのです。自然の力ですら無理かもしれません。何十年、何百年と風が吹きつづければ、かつての平らな土地が取り戻されることがあるかもしれませんが、今のところ解決の見込みはなく、希望すら抱けない状況です。あるいは人間がいなくなるほうが、ずっと早いかもしれません。そうすると、文字はどうなるのでしょう、誰も文字だとわかる人がいなくなっても、文字はこれまで通り、文字なのでしょうか。……

話題が逸れてしまいました。コレヤカラさんとは関係ない事柄をつらつらと並べてしまい申し訳ありません。けれど、困ったことに、うまく感情が湧いてこないのです。現場で佇んでいたときも同じでした。昨日まで傍にいた人がいなくなったはずなのに、その不在を私は受け入れられませんでした。何一つ実感が湧きません。組み立てれば、どんな風景でも見せることができる文字が目の前に溢れているのに、私は何一つ汲み取ることができませんでした。

私はどうすべきだったのでしょうか。泣けばよかったのでしょうか。おばあちゃんの名を叫べばよかったのでしょうか。それとも文字を掘り起こして、必死におばあちゃんを探せばよかったのでしょうか。

けれど、そんなことをしても無駄だという囁きが、降り積もった文字から聞こえてくるようでした。文字の地平は、私がどんなことをしようとも、何も変わらないぞと主張しているように思えてなりませんでした。真っ黒な風景は、すべての可能性のなれの果てです。そこにはあらゆる文字があります。私が今考えていることや、私がこれから起こす行動も、きっとその組み合わせで表わされてしまうのでしょう。それは、かつて誰かが試みた選択の一つを私がなぞるということを意味します。

自分の振る舞いが誰かの模倣に過ぎないのだと思うと、わたくしは途端に動けなくなりました。私という人間など、何ものでもない気がしたのです。どうすることもできないまま、私はひどく疲れて、家に帰りつきました。文字の上では、あらゆる可能性が試されていながら、生身の私だけが感情の捌け口を見つけられないままうろたえていました。

いまから思えば、とにかく吐き出すべきでした。ありふれた振る舞いでよいから、何かすればよかったのです。悲しみは悲しみの姿でしか表せません。私の内にあるものは何かしらの形を求めていたはずです。黒々とした文字の塊の前におびえその形に冷や水を浴びせかける行為のほうが、よっぽど愚かでした。私は、私以外の何ものにもなれません。

こうして文字を組み合わせて手紙を作ることで、私は自分を襲った虚無感の正体をようやく捉えられた気がします。私は「私」という言葉があるから私なのかもしれませんが、だからと言って悲観することなく、私は私であって、堂々と「私」であればいいのです。

この手紙を郵便ポストに入れた足で、私はナカソネのおばあちゃんの家に、花を手向けに行こうと思います。花はすぐに埋もれてしまうでしょう。けれども、その花束はほんの少しの間でも、ナカソネのおばあちゃんに寄り添った人間がそこにいた証しとなるはずです。

ナカソネのおばあちゃんのお宅だけでなく、最近、家が潰れたという話をよく耳にします。なんだか、いちだんと文字の降り積もる速さが増してきたような気がいたします。町内でももう一軒、そちらはコレヤカラさんの家とは事情が異なるのですが、半壊になった家があります。この間、故あって大量の文字を処分することができたので、しばらく安心だとは思うのですが、私たちの家も気をつけなければなりません。

またこちらの話ばかりしてしまいましたね。お風邪など召されませぬよう。

それではまた。

草々

〔同封された夫からの手紙〕

読書、食欲、スポーツと、ナンでも過ごしやすい気コウとなりましたが、いかがお過ごしでしょうか。

朝の散歩や仕事の帰りに、登下校する子どもたちを見かけます。文字で擦るのでしょうか、体の至るところにすり傷だらけです。大きな声でガナり合いながら、横を通り過ぎていきます。時々、にこやかにアイサツをしてくれる子供もいます。

そんな子に出くわすと、ミチノブのことをついつい考えてしまいます。ミチノブも、優しい子でした。毎朝の日課でポストを磨いているのですが、ミチノブも手伝ってくれた時があります。親に歯向かうこともなく、いつもにこにこして、私たちに楽しい思い出だけを残して巣立っていきました。

いつだか、学校で借りてきた『怪人二十面相』を読んで、ミチノブが郵便ポストの前で首を傾げていることがありました。どうしたのか尋ねてみると、怪人二十面相が、ポストに変装して、ぴょんぴょん跳んだと書いてあったというのです。ミチノブは、二十面相がどうやって四角い箱に化けて、飛び跳ねたのか、不思議がっておりました。

私はピンときて、休みの日に、ミチノブを車に乗せて、ここから一、二時間ほどの田舎へと連れて行きました。古い住宅が残る山間の土地です。そこには昔ながらのポストが今も残っていたのです。そうです、丸くて、細長いポストです。私は赤いポストの前で車を停めると、ミチノブにそっと教えてあげました。

「怪人二十面相が化けたのは、あれだよ。あの丸くて細長いポストが、昔は使われていたんだ」

すると、ミチノブは目を輝かせて、

「本当だ、あれならすっぽり被って変装できるし、飛び跳ねることができるね」

と言いました。その時の嬉しそうな顔をボクは忘れることができません。その後も、車から降りて、ポストの横で、ミチノブは怪人二十面相がポストの中で隠れている振りをしたり、じりじりと蟹歩きで移動する真似をしたりして遊びました。それ以来、丸くて細長い形のポストがミチノブの大のお気に入りとなりました。それからしばらくの間、ミチノブは熱心にポスト磨きに付き合ってくれるようになりましたが、ポストが丸くないのが、どうも不満らしく、いつしか飽きて手伝ってくれなくなりました。

しかし、形はどうあれ、ポストはポストです。大切な手紙を運んでくれる掛け替えのないものです。僕にとって、学生時代に両親とのやり取りを運んでくれたものであり、ミチノブと磨いたものであり、ミチノブが家を出てからは夜な夜な認めた手紙を投函した想いでの在り処です。

しかし、近ごろでは、ミチノブを想い出させてくれるような、はつらつとした子どもに会う機会もめっきり減ってしまいました。家を棄て、町を出てゆく家庭が増えたからです。残っている子供たちもどこか寂しげで、虚ろな表情で登校して行きます。なかには、友達同士で喧嘩をしている子達も見掛けます。その様子を見ていると、職場の向かいにあるパチンコ屋のお客さんを連想してしまいます。

何はともあれ、お手紙が無事に届きますように。

匆々

〔十一月十二日消印　S夫妻より〕

＊

謹賀新年
旧年中はたいへんお世話になりました。
本年もどうぞよろしくお願いいたします。

＊

前略
……文字の降る勢いは、衰えるところを知りません。対処に追われる毎日です。壁紙はいよいよ、文字柄に変わりつつあります。残念ながらすべての部屋から出る文字を捨てる、時間も体力もスペースもありませんので、部屋のいくつかはあきらめざるをえません。優先順位をつけて、捨てきれなかった文字を空いている部屋へ順次詰め込んで急場をしのいでおります。何とか明るい兆しが見えれば良いのですが。

先日、有識者を招いての文字についての講演会があったので聴きに行きました。コンサートも開けるような大きなホールを貸し切っての講演だったのですが、私たちが会場に入った時にはもう満席に近く、その後もぞろぞろと人が集まってきて、立ち見はおろか、ホールに入りきれなかった人も大勢いたそうです。近隣に住んでいるほとんどの人が聴きに来たのではないかと思えるほどでした。会場に入れず、無駄足を踏むことになった人々は口々に、意地汚い嫌味をひとつふたつわめき散らして帰っていきました。反対に、着席できた人々は奇妙なほど静かに開演を待っておりました。

司会者の妙にへりくだった挨拶で、講演会が始まり、壇上に先生方が現れると盛大な拍手が湧き起こりました。配布された資料と先生方の顔を代わりばんこに見ていると、司会が先生方を紹介している間にも、こちらまでどきどきしてまいりました。

壇上の先生の中には、以前にお話しした、例の文字の収集家もおりました。サンドベージュのバケットハットをかぶり、金縁の大きな眼鏡を掛けた男性で、私よりお年を召しているようでした。もはやお名前も忘れてしまいましたが、講演は彼の話から始まりました。

スライドを交えながら、まず降り積もる文字がどの言語に属しているのか、突きとめていこうとした過程を示しました。降り積もる文字は漢字やカタカナ、ひらがなだけでなく、アルフアベットなども含まれていることは、フミエさんへのお手紙に書いたかと思いますが、彼はもっと専門的に、文字を採集し、なんらかの言語に属しているのではないかと検討を重ねていったのです。文字の中にはアラビア文字やギリシャ文字、梵字やキリル文字、その他にも多種多様な言語——その多くは私の知らないもので、中には制作目的すらわからない人工言語のものも見つかったと報告がなされました。しかし、すべての文字が、彼が知る何がしかの言語に属していたかといえば、そうではないとのことでした。むしろ、文字の大半はでたらめな形で、彼の知るどの言語とも異なる形をしていたそうです。

そこで、文字の分類はあきらめ、検証は次の段階に進みました。話をひらがなに絞り、天から降る文字から、規範となるような字体を見つけだせないかと彼は試みました。選ばれたのは「ぬ」です。一連なり、かつもっとも繊細な形をしたひらがなです。彼は「ぬ」の採集に没頭しました。スライドには次から次へ「ぬ」が写しだされました。大きさと採取日も添えられていました。私たちにとっては、どれも平凡な「ぬ」にしか見えませんでしたが、彼は違うと言いました。精査に検討すればするほど、二つとして同じ「ぬ」がないことを、スライドを前後させながら、力説しました。どの「ぬ」にも差異があり、形に揺らぎがあると主張いたしました。つまり、どれだけ採集を続けようが、各々微妙に形が異なるのが確認できるだけで、文字の字体に規則性を見出すことはできないというのです。

初め、私は熱心に話を聞いておりましたが、話が、どこまでが「ぬ」なのか、という話題にいたる頃には、すっかり冷めきった気持ちで話を聞き流しておりました。なにせ、彼は、私にはプレッツェル型にしか見えないものをスライドで見せ、それが「ぬ」であるかないかについて、額に汗を浮かべて真剣に話をしているのです。彼の話が終わる頃には、会場もすっかり白けていました。

登壇した他の方のお話も、似たり寄ったりでした。文字の成分や発生源についての調査報告もありましたが、結論は「目下調査中です」、もしくは「現状では分からない、未知のものです」のどちらかでした。次第に冷めていく聴衆とは逆に、壇上の先生方は、文字がこれまでの因果律からはみ出した現象であることに、非常に熱中している様子でした。特に文字の収集家の話を引き合いに出し、意見を交わし合っていました。文字とは、私たちが生きていく中で、くり返し触れるうち、一つの字体を、とある意味や音と結びつけることで成り立っている約束事です。その約束事に基づいて、私たちは「文字」を理解して、お互いに言葉を交わしている。ひるがえって、私たちが認識できない文字（あるいは「文字」らしき何か）が溢れ返っているという事実は、私たちの認識の方に誤りがあり、従来の常識の外に、広大な可能性が広がっていることの示唆ではないか、というのです。

私は怒りで、体がわななくのを感じました。聡明な方々が、あれだけ言葉を費やしたにもかかわらず、いったい何が明らかになったのでしょう。文字の認識方法がなんだと言うのです。私たちの暮らしにどう役立つというのでしょうか。心のどこかで、この文字に苛まれた生活を一変させてくれる特効薬のような話を、私は期待していたのだと思います。広告のうたい文句を真に受けて、商品を購入するときと同じです。ああ、何度文字に踊らされれば気が済むのでしょう。

私だけではありません。講演が終わりに近づくにつれ、盛り上がる壇上とは対照的に、観衆は一様に肩を落とし、失望の色を隠そうとしませんでした。まやかしの励ましや論点のすり替えで元気づけられるには、私たちはもはや文字に侵されすぎています。講演会の日から今日まで（そしてこの手紙がフミエさんに届く頃にもきっと同じです）、私たちの生活には何の変化も進展もありません。文字が降り積もり、見えていたものが見えなくなっていくだけです。

「それでは私たちはいったいどうすればよいのですか」

ついに聴衆の一人が手を挙げ、質問を投げかけました。会の終了間際、質疑応答の時間でした。彼の問いは、私たちの問いでした。

けれど壇上にいる人たちから返ってきたのは、「私の専門ではありませんので分かりかねます」、「現在新しい手段で鑑定中ですので結果をお待ちください」、「私の一存ではお答えしかねます」、「専門家による組織委員会を立ち上げてみないと分からない」といった逃げ口上ばかりでした。それまで静かに聞いていた観衆も徐々に怒気を孕んで詰め寄りますと、終いには「そちらで招いておきながら、礼儀を失しておる」と怒り出される始末です。

そして、それは突然始まりました。文字の扱いに長けているのがどちらなのか、示す時が来たのです。誰かが、檀上目がけて文字を投げつけました。床に溢れていた文字を掴み、目一杯の力で檀上へ投げつけたのです。登壇者に当たりこそしませんでしたが、文字は大きな音を立てて壁に当たりました。すると、それに続けとばかり、次から次へ……。皆が、手当たり次第に文字を掻き集め、壇上へ向けて投げ始めたのです。文字は床にもシートにも、何なら私たちがお尻をつけていた座席の上にも溢れかえっています。それを引っ掻き集めて投げつけました。

先生方は大慌てでその場をあとにしようとしましたが、矢継ぎ早に飛んでくる文字の礫《つぶて》に進退ままならず、それでも必死に出口を目指して、逃げてゆきました。しかし、会場について熟知しているのはこちらです。聴衆の何人かが、「駐車場に先回りをしろ！」と叫んでいました。先生方は、文字に潰された車を駐車場で見つけて、さぞ驚いたことでしょう。その後も、追手が諦めるまで、必死に走って逃げたのに違いありません。でも、彼らはそれで済むのです。文字の脅威の届かないところへ逃げさえすれば平穏な日常に戻れるのです。

そんな人たちを当てにしていただなんて、わたくしたちは何と愚かだったのでしょう。小競り合いを起こすより、会場に集まった人たちで文字を除去した方が、よっぽど建設的だったと思います。

けれど、それも今や適わぬことです。この間まで、お互いを気にかけていた人々も、近ごろは自分の家のことだけで手一杯で、よそよそしくなってしまいました。それに、顔さえ合わせれば口汚い言葉が口をついて出て、お互い傷つけあってしまいます。主人の職場でも諍《いさか》いが絶えないそうです。初めは自分の近況を話していたつもりが、いつの間にか愚痴の言いあいになり、心が弱って、最後には売り言葉に買い言葉といったありさまで、人が顔を突き合わせさえすれば、罵詈雑言が飛び交います。一番賢いのは黙っていることです。講演会のホールに、あれほどの人が押し掛けながら、大きな諍いが起きなかったのは奇跡に近いことでした。それほど私たちの事態は深刻で、期待は大きかったのです。

なんだか口と心が乖離しているようで、嫌になります。こうして、フミエさんに平生通りの言葉でお手紙を作るのも、今では一苦労です。文字が私たちの言葉を奪って、隠してしまったみたいです。

空き家もずいぶんと増えました。そこへこっそり文字を捨てに来ている現場によく出くわします。いいえ、もう「こっそり」とは言えません。堂々と文字を捨てに行きます。誰もが共犯者である以上、咎めたてる者もおりません。

それでいて、自分の利害に関わると誰も見逃してはくれません。衣服に付いた文字が、他人の敷地に落ちようものなら、家の主が目くじらを立てて怒鳴り込んできます。時には、言いがかりを付けられることもあります。私も一度こっぴどくやられました。

虫の音に誘われ、普段は使わない道を通り、立派な門構えの家の前を歩いていると、突然大きな声で呼び止められ、見知らぬ大柄の男性に怒鳴りつけられたのです。身の丈はわたくしの倍ほどもあったでしょうか。そんな大男から、口を挟む間もなく、一方的にまくしたてられたのです。彼の言い分では、私がそのお宅に文字を捨てるのを見たと言います。なにせ私より一回りも二回りも大きな相手ですから、わたくしは怖くて怖くて仕方ありませんでした。腕力に物を言わされたら、太刀打ちできるはずもありません。

私がひたすら縮こまっていると、男はどこかから文字がびっしり詰まった袋を持ってきて、つきつけてきました。私は必死に抵抗しようとしたのですが、結局、それだけの文字でこの場を切り抜けられるのならと、おとなしく袋をもって、すごすごと家へ帰りました。ビニール袋のなかで、文字はがさごそと音を立てました。

ああ、もう嫌です！　いつまでこんな生活をつづけなければいけないのでしょうか。

今朝、文字の貼りついた窓から朝日が差していたのですが、床を見ると、文字の影に私はすっぽりと覆われていました。

今年は桜もおかしいです。咲いた端から、花弁が文字に喰われて消えてゆきます。

このまま、文字は何もかもを食い散らかしてゆくのでしょうか。
文字なんて、もううんざり。

〔同封された夫からの手紙〕

前略
妻がふさぎがちで心配しています。世間もなんだか物騒になってきて、職場でも、身のキケンを感じることが増えてきました。例のパチンコ店には、パチンコの台が壊れているのにもかかわらず、毎日人がやってきます。どこからかカルタや絵札を仕入れてきて、それで遊ぶのです。ここは集会場ではないと注意しようものなら、彼らは獲物を得たようにこちらに向かってバリ雑言や手近な文字を浴びせてきます。黙って事務所に引きこもって、文字を並べる練習をしているのが一番安全です。
新しい遊び道具も、どうせすぐに文字塗《まみ》れになって、使い物にならなくなるとわかっているはずなのに、どうして飽きもせず屯《たむろ》しにくるのか、気が知れません。遊び道具がダメになると、彼らはどこからか、また新しいモノを見つけてきて、賭けごとを始めます。勝った負けたで、暴力ザタになることもしばしばです。周りは仲さいするどころか、笑って見ているだけだったり、ひどいとあおり立てたりもします。血が飛び交うような大騒ぎになっても、翌日には、同じ顔触れで遊びに興じています。わけがわかりません。

怒りを持て余し、捌《は》け口を探しているのでしょうか。その矛先がいつかこちらへ向くのでは、と思うと気が休まりません。こんなところにいるより、妻の側にいてあげたいのですが、仕事である以上、なかなかそうはいかず悩んでおります。

妻はというと、近ごろ、また一段と臥《ふ》せっております。知人の家が文字で潰れたからではないかと思います。

その方とは、妻もずいぶん懇意にしていて、この間のお食事会でも、中心となって人を呼んでくださったと聞いています。そのような仲の良い友人が、文字投げの被害に遭ったのですから、妻もさぞや辛いでしょう。私も被害現場を見てまいりましたが、それはそれは壮絶なもので、心が痛みました。

新井さんというのが、その被害にあわれたご夫婦なのですが、今回の件は、新井さんに非があります。彼らが人道に悖《もと》る行為を繰り返していたから、今回の悲劇を招いたのです。

新井夫妻は、出入りの業者という立場を利用して、身寄りのないお年寄りにすり寄り、そのお年寄りの家に自宅で出た文字を持ち込み、勝手に屋根裏や空き部屋へ棄てていたのです。新井さんがしたことは、決して許されることではありません。

新井さんのせいでいくつの家が潰れたのか、正確なところはわかりません。でも、その中の一軒に、我が家でも度々話題に上がったおばあさんが含まれていたのは疑いのないところです。おばあさんの本当の名前はもう思い出せませんが、うちではコレヤカラさんと呼んでいました。コレヤカラさんの家は「文字屋敷」とあだ名されるほど文字でいっぱいで、先だって潰れてしまいました。そして、おばあさんの行方は今も知れません。

妻が塞いでいるのは、友人が被害にあったからというより、信用していた人に裏切られたという思いからかもしれません。夫婦の卑劣な行いは、当人の口から明るみにでました。奥さんが他人に秘密を漏らしたのです。おばあさんの家がつぶれ、良心の呵責に耐えきれなくなったのかもしれません。

けれど、本人の思いなど関係ありません。噂は瞬く間に広がりました。

そして、文字投げが始まったのです。皆ここぞとばかりに自宅から文字をかき集め、新井さんの家に向かって、ありったけの力で投げつけたのです。文字は壁を壊し、跳ね返った文字や狙いが外れた文字は地面に落ちて、庭を黒く蝕《むしば》みました。奥さんに知人が多かったのも災いしてか、わんさと人が集まり、絶対に許すな、文字を投げろ、手を緩めるなと、扇動の声が家の前で響いていたそうです。

私は職場にいたのですが、お客の一人が、文字投げが始まったと触れ回りました。大多数の客は、それを聞いて飛び出して行きました。私は事態が呑み込めずにいましたが、文字投げを触れ回ったご婦人が近づいてきて、こちらが訊く前から、新井夫妻がどんなに酷いことをやってきたのか、今どういう目に遭っているのか、事細かに話して聞かせてくださいました。

彼女は滔々《とうとう》と喋り、ようやく話が終わったかと思うと、今度は突然声を潜め「それでね、新井さん、まだ家の中にいるらしいのよ」と付け加えました。こちらを見あげる黒い目の底には不気味な光が宿り、頬にはくっきりとえくぼが浮かんでいました。私は、その時の彼女の顔を忘れられそうにありません。知り合いがそんな目に遭っているというのに、どうして笑っていられるのか、到底理解できません。

勤務が終わったあと、私は現場に足を運びました。元は白塗りの洋風の家だったらしいのですが、私が見たのは黒い廃墟でした。文字に破壊された家具やソファが丸見えになっていて、そこで人が暮らしていたという生々しさがありました。文字投げはおばあちゃんの敵討《かたきう》ちとも称されていましたが、そのおばあちゃんがソレほど慕われていたとは思えません。人々は、腹の底にたまった不満を単にぶちまけたかったのだと思います。文字を投げつけて、壁を黒く塗り潰す（ええ、正に塗り「潰す」です）ことで、鬱憤を晴らしたかったのでしょう。

そして驚くべきことに、昼間に始まった文字投げは、夜になってもまだ続いていました。聞いた話ではその後も、文字投げは夜通し行われたそうです。その間、新井夫妻は家の中から一歩も出られず、浴びせられる文字の恐怖に震えていたことでしょう。しかし、文字を投げた人々は、そんなことを想像もしなかったに違いありません。誰もかれも、自身の行為に熱中するばかりで、その結果によって傷つく人などいないかのように無造作に文字を投げつけていました。新井さんに文句があるのなら、面と向かって言えばいいのです。でも誰もそうしようとしませんでした。文字を投げつけるのが、正当な抗議だと信じ切っていたのです。

けれど、おばあちゃんの家が潰レタ責任の大半は、おばあちゃんの怠惰と意固地にあったはずです。文字投げに参加した人たちは、頭が冷えてカラ自身の行動を省み、羞じいれば良いと思います。こうして文字を並べていると、彼らに対する苛立ちが、ふつふつと湧いてきます。

しかし考えてみると、文字が降り積もればこそ、今回のような悲劇が起きたのでしょう。文字が降る以前には、コレヤカラさんが文字の下敷きになってしまうことも、新井さんが今回のような目に遭うことも、あり得なかったことです。もしかすると、私たちの生活は自分たちが思っている以上に、文字に侵されてしまっているのかもしれません。だからと言って、どうすることもできないのですが……

段々、自分が正気を保てているか不安になってきます。そんな時には、フミエさんに宛てて文字を作ってみるのですが、ひょっとするとそのお陰で、私はどうにか無事なのかもしれません。言葉を贈る相手がいるということは、かけがえのないことだとつくづく身にしみます。

そして、その手紙を運んでくれるポストがいっそう愛おしく思えてきます。今朝磨いたばかりですが、この手紙を入れたら、感謝をこめて、もう一度ポストを磨いてあげようと思います。

敬具

追伸

先日、文字についての講演会があり、ここ以外の場所でも文字が降っていると聞きましたが、フミエさんのところは大丈夫でしょうか。

〔五月二日消印　S夫妻より〕

＊

拝啓

立秋とは名ばかりの暑い毎日が続いておりますが、お変わりなくお過ごしでしょうか。

post card

恐れ入りますが、切手をお貼りください

810-0041

福岡市中央区大名2-8-18
天神パークビル501
システムクリエート（有）内

書肆侃侃房 行

□ご意見・ご感想などございましたらお願いします。

※書肆侃侃房のホームページやチラシ、帯などでご紹介させていただくことがあります。
不可の場合は、こちらにチェックをお願いします。→□　※実名は使用しません。

愛読者カード

このはがきを当社への通信あるいは当社発刊本のご注文にご利用ください。

ご購入いただいた本のタイトルは？

お買い上げ書店またはネット書店

本書をどこでお知りになりましたか？

01書店で見て　02ネット書店で見て　03書肆侃侃房のホームページで
04著者のすすめ　05知人のすすめ　06新聞を見て（　　　新聞）
07テレビを見て（　　　）　08ラジオを聞いて（　　　）
09雑誌を見て（　　　）　10その他（　　　）

フリガナ
お名前　　男・女

ご住所　〒

TEL（　　）　FAX（　　）

ご職業　　年齢　　歳

注文申込書

このはがきでご注文いただいた方は、**送料をサービス**させていただきます。

※本の代金のお支払いは、郵便振替用紙を同封しますので、本の到着後1週間以内にお振込みください。
銀行振込みも可能です。

のタイトル	冊
のタイトル	冊
のタイトル	冊

合計冊数　冊

がとうございました。ご記入いただいた情報は、ご注文本の発送に限り利用させていただきます。

この度は、心ならずも、お中元の御礼を申し上げるのが遅くなり、申し訳ございません。妻と二人、有難く頂戴いたしました。

実を言うと、うっかり怪我をしてしまい、ただ今入院しております。といっても、もうじき退院です。礼状も差し上げず、音沙汰もないために、心配されていてはいけないと思い、ひとまず御礼と御詫びまで。

季節の変わり目ですので、どうぞお風邪など召しませぬようお気を付け下さい。

敬具

P.S. 毎朝磨いていたポストが、留守の間に文字に埋もれてしまっていないか、心配です。

〔九月七日消印　S氏より〕

＊

前略

なかなか手紙を差し上げられず、ごめんなさい。先だって、主人からお詫びの手紙が行ったかと思いますが、そこに書かれてあった通り、主人が文字揺きの最中に屋根から転落してしまい、両足と左腕の骨を折ってしまったのです。不幸中の幸いで、命に別条はありませんでしたが、主人の入院先へ毎日通っておりましたので、手紙を作る時間を見つけられませんでした。フミエさんが心配しているといけないと思って、連絡しなければ、と何度も決意したのですが、いざ手紙を書く段になると、気が動転してしまって、なにをどう伝えてよいのかわからず、今日になってしまいました。

今は主人も無事退院して、家で療養しております。屋根から落ちて命があっただけでもありがたいことですが、骨も元通りきれいにくっつき、後遺症などもありません。現在は入院生活でげっそり落ちた筋肉を取り戻すため、毎日すこしずつ運動をしております。一時はどうなることかと気が気ではありませんでしたが、無事に家へ帰ってくることができて一安心です。思い返すと、本当に大事に至らなくてよかったとつくづく思います。不幸はいつも、思いもかけないときに舞い込んできます。

主人が屋根から転落する直前、口げんかをしたのを覚えています。と言ってもいつものように、私が一方的にまくしたてておりました。きっかけはささいなことだったと思います。文字がこびりつくから、服を脱ぎちらかすのをやめてほしいとか、そういった類のことです。何をされても気に喰わず、主人に噛みついてばかりいました。

主人は、どこか諦めたように聞いておりました。毎度のことだから馴れっこになっているのか、うわべは困った顔をしているのですが、そのくせ反論もせず、黙って聞いているフリをしているのです。それが余計に腹立たしくて、声を荒らげたのですが、のれんに腕押しで主人は態度を改めようとしません。根負けするなど癪《しゃく》ですから、いっそう声を張り上げるのですが、怒るのにも体力が要ります。口げんかも小一時間ほどつづくと、さすがにこちらも疲れてきて、言葉も途切れ途切れになりました。

主人がリビングを出て行こうとするのを見て、どこへ行くのか、と訊きました。だいぶきつい口調だったと思います。主人は「屋根の文字を落としに行く」とだけ、ぼそぼそっと言い置いて部屋を出ていきました。

しばらくすると、スコップが屋根を掻く音と文字が地面に落ちる音が聞こえてきました。なじる相手を失った私は、かたわらの文字くずを何度か壁にぶつけて屋根の音をかき乱そうとしましたが、そのうちにむなしくなって、膝を抱えるしかありませんでした。

すると、屋根から文字が落ちるザラザラした音とは明らかに違う、不気味な音が響き、家全体が震えました。私はついに家が崩落しのだと早とちりし、これまでの暮らしが壊れるのだと覚悟しました。

けれども、音は一つっきりで終わり、気が付くとさっきまで断続的に聞こえていた文字掻きの音もぴたりとやんでいました。そこでようやく主人が屋根の上にいたことを思い出し、あわてて戸外へでると、私を呼ぶ、主人の弱々しい声が聞こえてきました。声のする方へ駆けつけると、文字の散らばる地面に、主人が仰向けになって倒れていました。まるで腰砕けみたいな無防備な格好でした。そして、両足がおかしな方向へ曲がっていました。

下手に動かしてはいけないと思い、主人の意識がしっかりしているのを確かめると、私は急いで救急車を呼びました。主人はこれしき何でもないと言いながら、脚を動かそうとしましたが、まったく動きません。怪我の痛みよりもいま起きている事態が受け入れられないといった感じで、当惑顔でした。不安なのはこちらも同じです。もしこのまま二度と立てないなんてことになれば私たちはどうやって暮らしてゆけば良いのか、治療が長引けばお金だってかかります。不安だけが独り歩きして、どうしてもっと注意しなかったのかと、主人を責める言葉ばかり投げつけてしまいました。

血の気の引いた主人の顔を見て、また近づいてくるサイレンの音を聞いて、私はミチノブの事故のことを思い出していました。あの時も電話を手にした主人の顔から、みるみる血の気が失せてゆき、説明を求める私を無視して、ひとり、どういうことでしょうか、どういうことですか、と同じことばかり訊きかえしておりました。

ようやく到着した救急隊（随分と時間が掛かった気がします）の方に、これからどうなるのか、治る見込みはあるのか尋ねましても、医者に診てもらわなければわからないと繰り返すだけで、誰も私の不安を受け止めてくれない以上、揺れる車内で一人不平を並べるしかありませんでした。車内には、黒ずんだ血のような文字が四方にこびりついていました。

搬送された先で、医師から命に別条はないといくら説明されても不安は収まらず、これまで通りの暮らしに戻れるとは信じられず、医師に向かって、また主人が目覚めてからは主人に対して、まるでそうなることを望んでいるみたいに回復を疑う言葉ばかり口にして、ふてくされていました。主人はまた、失敗して叱られる子供みたいに困った表情を浮かべていました。

入院も長くなり、初めの病院からリハビリのために転院する頃には、さすがに可哀そうになってきて、主人に対して言いよどむことが増えてきました。それにリンゴなどを剥いてあげると、本当に嬉しそうにするのです。切り分けたリンゴにかじりつきながら、果汁をこぼしてあわてている様子はまるでミチノブみたいで、思わず肩に入っていた力が抜けました。

ベッドの上の主人は、ずいぶん老け込んで見えました。毎日、嫌になるほど顔を突きあわせていたはずなのに、まともに顔を見るのは久しぶりな気がしました。髪がめっきり薄くなっていて、眉毛もすっかり白髪混じりになっています。シミもあちらこちらに見られます。おいしいかと訊いて、おいしいとにんまり笑った途端、顔が皺くちゃになりました。ずいぶんと苦労を掛けたのだなあという思いが、真昼の日ざしみたいに、わたくしの胸のうちへ広がってゆきました。

例の文字の一件は、私の勘違いだったのだなと思います（よくよく考えれば、あんなろくに文章にもなっていないものに振り回されていたなんて、滑稽の極みに思えます）。実際、お見舞いにきてくださった方の中で、私が知らないのは新しい勤め先の店長さんぐらいでした。パチンコ屋は潰れたそうです。主人はどこかほっとした表情を浮かべておりました。結局、病室では私と主人が四六時中、向かい合っているだけでした。もう本当に、私たちは二人っきりなのだとつくづく痛感いたしました。

定年退職の後は、二人で向き合っていると気づまりでしたが、主人の世話をしながら暮らしていると、うまい具合にこれまでの溝が埋まってきて、今では夫婦楽しくやっております。もちろん、この頃でも些細なことでいさかいにはなりますが、この年になればもうどうしようもありません。主人を甘やかしてきたのも私ですし、向こうでは私の文句を耐えてくれているのでしょうから、おたがい辛抱づよく、ここでやっていけたらと思っております。

さて、ここのところ主人の世話に掛かりっきりになっていたので、家の手入れが十分に行き届いておりません。近ごろ町内に、住人以外の不審人物を見掛けるようになりました。大きなリュックサックやカバー付きのカメラを持ってうろついているので、それと分かるのです。連れ立って四、五名でいる場合もあれば、一人でぶらぶらしている場合もありますが、所かまわず、誰彼問わずにシャッターを押し、写真を撮って帰ってゆきます。彼らに話しかけられることもありますが、馬鹿にしたような持って回った言い方をしてくるので、腹が立ちます。怒ったら怒ったで、またカメラを向けてきます。結局、相手をしても不愉快なだけですので、無視するようにしています。

これ以上、トラブルが増えないことを祈るばかりです。

〈同封された夫からの手紙〉

拝啓

燈火親しむべき候、いかがお過ごしでしょうか。

お蔭様をもちまして、無事に退院することができました。やはり我が家が一番です。

ただ家の向かいのポストは、残念ながら埋もれてしまっていました。すっかり文字に覆われて、無残な姿に変わり果てていました。これからは家から遠く離れたところまで、手紙を出しに行かなければいけないので、あまり手紙を出せなくなるかもしれません。せめて、フミエさんからの手紙が届くよう、家の郵便受けだけは大事にしてやりたいと思います（私の入院中も、手紙が来ていないかどうか、妻が毎日覗いていたようです）。

家の中もすっかり文字で埋もれてしまい、さながら文字の糠床《ぬかどこ》みたいになっていて、先が少々思いやられます。停電も相次いで起こっています。文字が電線を食いちぎるのです。「燈火を親しむの候」とは、灯火の下で読書するのに適している秋の夜長といった意味の古めかしい時候の挨拶ですが、まさかこの年になって、本当に蠟燭の燈火に親しむことになるとは思いもよりませんでした。火事の心配がないところは、文字の良いところかもしれません。燃え移る心配はありませんし、消し忘れても朝までに文字が積もって、いつしか火が消えています。

それでも、妻と二人、ここでやっていこうと思います。入院中も、退院してからも、妻は私をよく支えてくれました。いえ、入院前からずっとそうでした。不安の種は尽きませんが、二人で耐え忍ぼうと思います。

なんだか、頭がうまく働きません。手紙を書くのはこれほど難しいことだったかな、と首を傾げています。文字はますます溢れかえっているのに、意味のある文章を紡ぐのが、ずいぶん難しくなったように感じます。

寒い季節がやってきますので、お風邪など召されませんように。

追伸
お手紙、無事届きますように。

〔十一月三十日消印　S夫妻より〕

＊

明けましておめでとうございます。

旧年中はお世話になりました。今年も頑張れるかぎり、頑張りたいと思います。

現在、仮設住宅への移住を勧められています。もし住所が変わることがありましたら、お知らせいたします。

＊

フミエさん、
ご懐妊おめでとうございます。心よりお祝い申し上げます。
住所は変わっておりません。相変わらず、文字の降り積もる家に住み続けています。ここが終の棲家になりそうです。
なにかお祝いを贈りたいのですが、なかなか良いものが手に入りません。取り急ぎ、お祝いの言葉だけでも。

〔同封された夫からの手紙〕
冠省
万人に事実が行きわたるのは、事態が抜き差しならなくなってからなのですね。こちらの状況が報道されたとお知らせくださり、ありがとうございます。テレビやラジオの類はとうの昔に埋もれてしまいましたので、気がつきませんでした。
もはや私たちには、自分たちの暮らししかわかりません。近ごろでは、昔の暮らしさえ、記憶に影が差しておぼろげにしか思い出せません。

どうしてこんなことになってしまったのでしょうか。文字は、私たちの暮らしを豊かにしてくれるものだったはずです。人類の長い歴史の中で、後世へ託すべき知恵を紡ぐ術として編み出された、いわば人類の叡智の結晶です。それが私たちを苦しめるだなんて。いえ、本当に傷ついているのは、文字の側なのかもしれません。必要のない文字や出来の悪い文字ばかり産み出している私たちの所業が、彼らを苦しめているのかもしれません。だとすれば、文字が降り積もるのは彼らなりの抗議なのでしょう。ならば、私たちが文字に埋もれて死ぬのは、仕方がないことなのかもしれませんね。彼らを飼い殺したのは、他ならぬ私たちなのですから。

こうやって文字にしてみると、私たちが追い詰められていることに改めて気づかされます。でも、私たちの周りでは、みんな同じ悩みを抱えているのです。そんな中にいると、私の声などかき消されてしまいます。

あるいは、ひょっとしてこの私の声が、誰かの叫びを遮っているかもしれませんね。私の必死の叫びが、誰かを死に至らしめていることだってあるのでしょう。

文字に囲まれて暮らしていると、ついついそんなことばかり考えてしまいます。しかし、私にはこれ以上、文字の瓦礫から言葉を紡ぐ気力はなさそうです。頭が思うように働きません。

妻はフミエさんに宛てて長い手紙をしたためているようです。これまでの恩返しも兼ねて、妻が一日でも長く、一文字でも多く、手紙を紡げるよう、屋根の上だけでも文字の除去を怠らぬようにしたいと思います。

最後になりましたが、フミエさん、この度はご懐妊おめでとうございます。寒い季節を飛び越し、春がやって来たような晴れやかな気持ちになりました。

ご家族皆様のご多幸をお祈り申し上げます。

P.S. お祝いの言葉が迷子になりませぬように。

〔一月十一日消印　S夫妻より〕

＊

フミエさん、

長い間ご無沙汰してしまい、ごめんなさい。主人が郵便受けの手入れを欠かさないので、お手紙はずっと届いておりました。いつも温かい励ましのお言葉を送ってくださり、ありがとうございます。何度も救われました。

お腹の赤ちゃんはどうですか。きっと、もうそろそろですね。フミハルくんは、大きくなったお母さんのお腹にまとわりついて、新しい命の鼓動を聞いていることでしょう。フミハルくんなら、優しいお兄ちゃんになるに違いありません。

フミエさんも、これからは二児の母として大忙しになりますね。フミハルくんにも、新しく生まれてくる子にも、たくさんの友達ができて、そのうち教えてもいない悪さをしだしたり、テレビで見た大人の真似をしだしたり、よその家の事情を持ち出して駄々をこねたり、色々なことが次から次へ起こることでしょう。ミチノブ一人でも、我が家はてんてこ舞いでした。二人だときっと一時も休むことなく、家の中を駆けずり回るに違いありません。けれど、それはフミエさんの世界が広がってゆくことでもあります。どうか辛抱強くあってください。そして笑顔の絶えない家庭を育んでいってください。

それから、フミハルくんへ。卒園おめでとう。時が経つのは本当に早いですね。驚かされます。たいしたものじゃないけれど、小学校入学のお祝いもかねて、鉛筆を送ろうと思います。たくさん字の練習をしてくださいね。

さて、こちらでは毎日変わることなく、文字が降り続いております。本当に変わることなく、こんこんと降り続いています。私たちに恨みでもあるかのようです。辺り一面、真っ黒です。下を向いても横を向いても文字のかけらで溢れかえっていて、途方に暮れるばかりです。

お手紙を差し上げるのも、おそらくこれが最後になるでしょう。もう限界です。わが家が崩れるのも、もう間もなくでしょう。

避難所や仮設住宅に移ることもできましたが、私たちはそうしませんでした。なぜなら、この土地では、どこへ移り住もうと文字の被害からは逃げられないからです。たとえ仮設住宅に移り住んだところで、シミ一つない、真っ白な壁に囲まれて（ああ、なんと素晴らしい光景でしょう）心安らかに過ごせるのは、せいぜい二日が限度です。新しいお隣さんと顔なじみになる頃には、文字の黴《かび》が壁や床を侵食しはじめます。

文字は文字を呼びこみます。一度侵入を許すと、瞬く間に降り積もり、プレハブのもろい骨組などあっという間に食い潰してしまいます。たった二日の安寧と引き換えに、凄まじい速さで襲いくる文字の恐怖に、また耐えなければいけないのです。気を抜いたが最後、文字に生き埋めにされてしまいます。

そして、それこそが行政の思惑でもあります。文字の瓦礫の底に沈んだものを救い出す方法はないのです。文字に押し潰されてしまえば、あとは、それっきり放置され、私たちが物を言えなくなる代わりに、彼らはできるかぎりの手は尽くしたという言い訳を手に入れるのです。

彼らにとっては、善処したという事実を作れさえすれば良いのでしょう。

物資支援の時もそうでした。スーパーが使い物にならなくなっていましたから、配給が始まった時には助かったと思いましたが、そのうちそれが続けられないことを盾に仮設住宅への入居勧誘がはじまりました。こちらが拒み続けていると、支援はあっさりと打ち切られ、残ったのは、使う当てのない多額の補助金だけです。……

もはや、私たちは逃げる場所を失った者たちです。よそへ逃げた人の多くも戻ってきました。いえ、戻って来ざるをえなかったのです。逃げた人がよその地ですんなり受け入れてもらえたのは、最初の頃だけでした。こちらの被害が知れるにつれ、風当たりも強くなりました。私たちが文字の災害を持ち込むのではないかという、ありもしない風評が出回っているのです。

この土地に移り住んできた頃には、まさかこんなことになろうとは思ってもみませんでした。初めてここを見にきた時には、まだ家もまばらにしかなく、赤い字で売地と書かれた看板がたくさん目に付きました。辺りを見て回り、コレヤカラさんの家を見つけた時には、昔話の世界へ迷い込んだみたいに興奮しました。あの頃はコレヤカラさんのお宅の他にも、同じような大きな茅葺き屋根の家が三軒も並んで建っていたものです。

私たちは、町内のいくつかの候補地から、これも何かの縁と思って郵便ポストの向かいの土地を買いました。周りはまだほとんど家が建っておらず、砂地の土地には芝草がまだらに生えておりました。地元の神主に地鎮祭を執り行ってもらい、コンクリートの土台が作られ、そこに柱が建ち、家が出来上がっていくさまを、主人と二人で毎週のように見に来ました。家が建ってからは、二階の窓から、周囲の新地《さらち》を塞いでゆく色とりどりの屋根を眺めたものでした。家は同じ場所に建っているのに、今では、景色から色が奪われ、文字の影だけがいたるところに満ちています。窓からは黒い起伏だけが見えます。かつての面影を偲ばせるものはもう何もありません。

家のなかも同じです。黒い闇が私たちの暮らしを少しずつ呑みこんでゆきました。初めになくなったのは、ミチノブの部屋でした。

私たちは捨て場所に困った文字を、使っていない部屋に押し込んでいったのです。ミチノブが家を出たあと、部屋は物置同然だったので、何のためらいもなく、文字を詰め込んでいきました。

それが、我が家の歴史を削る行為に他ならないと気付いたのは、もはや手遅れになってからでした。ミチノブの訃報を知らせた電話みたいに、その瞬間は突然やってきました。ある晩、ミチノブの部屋は壮絶な音を立て、文字を吐き出しました。部屋の床が抜けたのです。衝撃で家全体が揺れたあともしばらく、文字がどろどろと落ちていく音が続いておりました。

階下へ降りてみると、ミチノブの部屋の中身が和室に散らばっていました。それを目にするのは本当に辛いことでした。蠟燭に照らし出された部屋の残骸は、文字に侵食されながらも、私たちですら忘れていた、在りし日のミチノブの影を留めていたのです。

これまで文字に覆われて見えなくなっていた本棚の中身が、床に散乱しているのが真っ先に目につきました。日に焼けて黄ばんだ本のなかには、幼い頃読み聞かせた、黒いお化けの絵本がありました。怖がるくせに、それを読んであげないと寝ようとしないのです。他にも、夢中になって恐竜の名前を覚えた図鑑や、読むたびに将来の夢が変わった伝記シリーズ、買い与えた割りにあまり読まなかった児童文学全集や百科事典、お小遣いをせびってまで買い集めた漫画などが、文字に塗れて転がっていました。

捨てる機会を逸した教科書やノートの類もありました。手に取ると、懐かしい字が目に飛び込んできました。ミチノブの筆圧の強い字です。新学年になる度に鞄一杯の教科書を持って帰ってきて、その一つ一つに氏名を書くミチノブの姿が蘇ってきました。名前ペンで、音が出るほど強く書くのです。私はテーブルの向かいに座り、ぱらぱらと教科書をめくりながら、ミチノブが作業を放り出さないように横目で見守っていました。つむじの二つある小さな頭、目を離すとすぐに戻る変なペンの持ち方、そのせいでいつも真っ黒だった小指の先……ミチノブの幼い頃の記憶が数珠つなぎに呼び覚まされました。

どこに紛れ込んでいたのか、夏休みに毎朝通ったラジオ体操のカードも出てきました。クマとニワトリと子ブタが楽しそうに体操しているイラストが描いてありました。その下にカレンダーがあって、スタンプを押してもらうようになっていたのですが、赤い太陽の「おはよう」スタンプがずらりと並んでいるのに、一か所だけ白地になっていました。私の実家でついつい長居をしてしまい、ミチノブが疲れて仏壇の前で寝てしまったので、その晩二人して泊めてもらったためにラジオ体操に行けなかったのです。目を覚まして、そのことを知ったミチノブは大層機嫌を損ね、もう間に合わないのは分かっているのに、すぐ帰ると言って聞きませんでした。

通学鞄や部活のユニフォームも、文字の瓦礫に埋もれて見えました。私たち夫婦は、もう耐えられませんでした。胸がしめつけられ、涙が溢れてきました。二人してその場に泣き崩れ、まともに目を開けていることができませんでした。それでも思い出さずにはいられません。慌ただしく学校へ出かけていく背中、ただいまと言って汗まみれで帰ってくるミチノブ、試合の朝は決まって寝不足でリビングに降りてくる姿。部活で遠征に出かける際、前日に何度も用意を確認したのに、当日お弁当を忘れて届けに行ったことや、朝は元気だったのに帰ってきたらやたら不機嫌で、一向に何も話してくれず思い悩んだこともありました。返納し忘れた学業成就のお守りも落ちていました。一浪し、翌年、合格したという報せを聞いたときには、電話口で泣き崩れたのを覚えています。

思い出に満ちた品々を目にして悲しみに暮れている間にも、文字は降り積もりました。どうにか顔をあげる度、黒い文字がミチノブの物を侵し、見えていたものが見えなくなっていきました。刻々と文字が降り積もり、思い出を蝕んでいきました。私たちは懸命にミチノブの思い出の品を救い出そうとしましたが、手遅れでした。結局は、すべてを和室の奥へと押しやり、戸を閉めるので精一杯でした。文字とミチノブのものが混ざり合い、畳を引っ掻く音が今でも耳の底にくすぶっています。

あの中には、きっとミチノブが事故に遭った時の車の鍵もあったのでしょう。フミエさんもよくご存知のように、郵便ポストのキーホルダーが付いていました。郵便局の粗品で、主人があげたものです。事故のあと、私たちが受け取った時には、鍵の先端が折れてなくなっていました。先が奪われた鍵に、赤いポストだけがぶら下がっていました。遺留品として送られてきたその鍵を最後に、ミチノブの思い出の品が増えることはありませんでした。知らない間に物が増えることはもう二度とありません。先を夢見ることも二度と許されないのです。過去も、未来も、すべてが途切れてしまいました。

それでも、ミチノブのことを思い出さない日はありません。フミエさんを連れてきてくれた日のことは、今でもはっきりと覚えています。春らしい爽やかなワンピースを着て、あなたがミチノブと一緒に改札を出てきた時、私は息子を安心して任せられるなと確信いたしました。

ミチノブが家を出たのはとうの昔なのに、やっと肩の荷が下りたような気がいたしました。それと同時に胸がちりちりと焦げるような、身勝手な嫉妬を覚えたのも事実です。でも、フミエさんの温和な人柄に接して、本当に楽しい時間を過ごすことができました。あのままま万事がうまく行っていればと、思わず考えてしまいます。あの時あったはずの未来は、どこへ行ってしまったのでしょう。まったく、ミチノブはいったいどこで何をしているのでしょうか。

けれども、事故は起こってしまったのです。誰一人望んでいなかったにもかかわらず。フミエさんと挙式をあげるはずだったあの日、我が家にミチノブの鍵が届いたのを私はいまだに忘れられません。

ミチノブを失い、私は何のために働いているのかわからなくなり、仕事を辞めてしまいました。ミチノノのいない家から、外の景色ばかり眺めていた気がします。

けれど、ノミエさんが立ち直って、幸せな家庭を築いてくれたことは、心より嬉しく思っています。フミハルくんの将来も楽しみです。それに、生まれてくる新しい子も、きらきらした目でこの世界を眺めることでしょう。子どもたちが、私たちのような辛い目に遭わないことを祈っております。……

ミチノブの部屋との決別を皮切りに、家のなかはますます文字で埋めつくされてゆきました。今では一階はほとんど使いものにならなくなっています。私たちの家は押し潰されずに済んでいますが、ただ潰れなかったというだけです。私たちの暮らせる場所は、日に日に狭まってきています。文字に囲まれ、どこもかしこも真っ黒です。壁に触れれば、ぽろぽろと文字が崩れてきます。

外に出てみても一緒です。文字の堆積は腰の辺りにまで達しており、郵便受けもポストも、もはや跡形もありません。歩いている場所が、道なのか、他人の敷地なのかわからない時があります。私たちの暮らしはもう限界です。食料もろくに手に入りません。物資支援がなくなったあと、有志の方が開いてくださっている市場が唯一の拠り所です。しかしそれも、いつまで続くか分かりません。

この手紙は、主人に手紙の出せるところまで、持っていってもらうつもりです。主人には、まだ生き残っていそうなポストに心当たりがあるそうです。主人の最後の郵便配達になるでしょう。主人は、毎日屋根の文字を落とし、家の周りを偵察しながら、そのための体力作りに勤しんでおります。さて私も、そろそろピンセットをおかないといけません。なにせ私が筆をおかないかぎり、手紙は出帆《しゅっぱん》できないのですから。

なんだか奇妙な感じです。もう間もなく、私たちは文字に埋もれてしまうでしょう。そうなれば、私たちの存在を示すものは、何もなくなってしまいます。私たちのささやかな喜びや日々の憂い、今日まで生きながらえた想い出や記憶が、誰かに伝わることはなくなってしまうのです。奇妙に思えてなりません。だって、私たちの周りには、こんなにもたくさんの文字が溢れ返っているというのに。それなのに、私たちの消息を伝えてくれるものは何もなくなってしまうのですね。このすぐ傍で溢れ返っている文字が、私たちの姿を描き出してくれることはもう二度とないのです。文字はただただ降り積もり、私たちの居たところには、黒い新地ができあがるのでしょう。私たちがあげる叫び声も、あっという間に増えつづける文字の底に沈み、初めから何事もなかったように消えてしまうことでしょう。それをどうすることもできませんし、私たちはもはや託すべきものも、託すべき未来もない身ですから、どうこうしようという気もありません。

けれど、もしほんのささやかな我がままが許されるのなら、手紙という私の箱舟が、この不幸な文字の氾濫を逃れ、フミエさんの元へ無事たどり着いてくれることを望みます。

それでは、これ以上主人を待たせるのも悪いので、ここらへんで。

フミエさん、どうぞお元気で。そして、ありがとう。

〔同封された夫からの手紙〕

お手紙、無事に届きましたでしょうか。

＊＊＊

以上が、S夫妻から届いたお手紙のすべてです。最後のお手紙をいただいた後、わたしは不安に駆られ、すぐさまお便りを出したのですが、しばらくして「宛先不明」のスタンプが押された手紙が返ってまいりました。夫妻の住居を訪れたいと思っているのですが、身重のため、まだ叶っておりません。

この手紙が、被害を広げる、文字の堆積現象の解明に役立てば幸いです。

そして何より、ご夫妻のご無事を祈念してやみません。

砂糖で満ちてゆく

母の体で、初めに砂糖に変わったのは膣だった。最初ということは、それは彼女の体にとって、もはや必要のない器官だったのだろう。面と向かって聞いたわけではなかったが、由希子が高校へ進学してからすぐに父が亡くなって以来、母に男の気配を感じたことはなかった。閉経もとうに訪れていたに違いない。子宮とそこから伸びる陰道はひっそりと枯れて、砂糖へと姿を変えていったのだ。

体の細胞が砂糖に変わっていく病があると初めて知ったとき、砂糖で満ちて死ねるなんて、何とすてきな死に方があるのだろうと由希子はぼんやり子供のような考えを抱いただけだった。

ある休日、由希子は母と待ち合わせて街へ出かけた。母はいつもはなかなか休もうともせず何店舗も見て廻るのに、その日はなんだか下腹部が気持ち悪いと言うので、早々に喫茶店に入って休んだ。

そのとき、母の体の奥底で起こっていた変化に、二人はお互い気が付くことが出来なかった。

しかしそれが不治の病である以上、気付いたところで、迫りくる脅威に向き合うのが早まったに過ぎなかっただろうけど。

それから半年以上経って、お菓子の家を見つけたヘンゼルとグレーテルの喜びと、それから二人を待ち受けていたお婆さんの愉悦を混ぜたような気持ちになるのだろうと思っていた病に、母自身が冒されていると告白された。そのときは、ピントのずれた映画を見ているように、伝わる情報をうまく像として心のなかに結べなかった。病院で、この病は子宮、耳道といった使用されない箇所から徐々に進行すると説明を受けた際に初めて、買い物のときの母の姿がよみがえって、ピントのずれに気がついた撮影技師が慌てて仕事をし出したようにすべてが鮮やかに呑み込めはじめた。

母を看取ろうと決めて、由希子は短大を出てから七年勤めた観光案内の営業所に退職願を出した。センチメンタルな情に浸ったわけでも、自己犠牲に身を投じた英断でもなかった。正職員昇格試験に落ちた直後でもあったし、父が遺した保険金と、このまま仕事を続けて得られる実入りを秤にかけたとき、天秤はどちらに大きく傾くこともなかったのだ。何より、母の余命がおおよそ二年とわかっていたことが大きかった。父が遺した保険金は、母の老後を支え続けるには心もとなかったが、二年余りの間、女二人が生きていくには十分だった。何もそんな急に、と上司からは引き留められたが、母の病のことを言うべきか迷っていた矢先、昇格試験で落としたのはそういう意味ではなかったと言われて、職場への未練はあっさりと切れた。と同時に、母のことを告げなくてよかったと心の底から思った。

部屋を引き払い、街から単線の電車を乗り継いで実家のある田舎町に辿りつくと、電車の時間は伝えていなかったが、母は途中まで迎えに来てくれた。母は黒いコートを羽織り、一人ぼっちで電柱に寄り添うようにじっと立っていた。二人がお互いの姿を認めてから顔をつきあわせるまでの不可解な間のあと、「おかえり」と母は娘を抱きしめた。その言葉は揺るぎなく由希子を迎えた。ただいまと言いながら由希子は母の背に手をまわした。繊細な砂糖細工に触れるように、そっと引き寄せた母の首筋から匂った酸い体臭はほのかに甘かった。

どうしたの、こんな道端で？　という問いは、答えを求めたものではなく、もう一人で抱え込まなくていいんだよ。私が来たよ、と母を慰めるために掛けた言葉だった。母の方でも、迎えに行こうと思ってと言ったきり何もあとには続けなかった。二人はどちらからともなく、家へ向かってゆっくり歩きはじめた。

家の中は驚くほど片づいていた。まるで引っ越してきたばかりで、まだろくに物が揃っていない新居のように閑散としていた。由希子が驚きをそのまま口にすると、動けるうちにと思って少しずつ処分したのと言い訳めいた口調で母はこたえた。改築を繰り返しながら、祖父の代から受け継がれてきた小さな家までが、ひっそりと息を引き取ろうとしているかのようだった。

趣味でやっていた水彩画や好きだったミステリー作家のサイン色紙も姿を消していた。代わりに、以前はアルバムに収められていた家族の写真があちこちの壁に貼られていた。賑やかでいいでしょう。今度は自慢げだった。写真だったら、のちのち皆で分けるのも楽だし。

ほとんどが由希子になじみのある写真だったが、寝室に見慣れない写真が置いてあった。父と母の結婚式の写真だ。綺麗な白い額縁に入った二葉の写真の左には、親族一同が、右には白無垢姿の母と羽織袴の父が写っていた。幸せそうな笑顔を浮かべる母とやや緊張した面持ちの父が対照的だった。父は由希子の記憶にある父と変わらなかった。

「色んなことがあったけど、わたしの幸せはあそこから始まったのよ」

母の恥ずかしそうな声に、堪えきれなくなりそうで由希子は思わず目を逸らした。前は布団暮らしだったはずなのに、いつのまにか電動のリクライニングベッドが和室の真ん中に置かれていた。

間もなく母が懸念していた通り、寝たきりの生活が始まった。もしかすると、由希子が来るまで無理して踏ん張っていただけで、すでに限界だったのかもしれない。

全身性糖化症、一般に糖皮病と呼ばれるこの進行性の病では、まず、使用されない内臓部分が、続いて表皮（正確にはその真下にある真皮が、それからじきに表皮）が糖化してゆく。糖化した皮膚の下には、細胞が露わになっているので、何かの拍子に糖皮が剝けたり、ものにぶつかったりするとひどい痛みが患者を襲うのだ。特に入浴のあとは、砂糖が溶けだし、白い傷口が剝き出しになってしまうので、由希子はお風呂もじきにやめて、母の体をやさしく拭くだけになった。

表皮がすっかり砂糖になる頃には、糖化は下半身に及んでいる。ほとんどの患者はベッドに寝たきりになり、死が訪れるのを待つ。唯一の救いは、病が神経にまで至るため、痛みが少しずつ引いていくことだ。

どれほどそばにいても、由希子には母の苦痛を替わってあげることも、その一部を引き受けることもできなかった。母の体は次々に機能を失い、スクロースに変わっていくと言うのに、その苦痛に触れることすらできずにいる自分が口惜しかった。

けれど由希子の前で、母は愚痴をこぼさなかった。そばにいたのが父ならもっと素直に痛みを訴えただろうに。代わりに、由希子がいてくれて助かるわと感謝を述べた。その言葉に含まれるすまなさそうな調子に、由希子は気付かないふりをした。

由希子の二人の姉はなかなか見舞いに来なかったが、母はあまり気にしていない素振りを見せた。姉は二人とも東京の近郊に住んでいて、仕事と育児、それから夫の世話に追われていた。ようやく見舞いに来たときも、父が亡くなってから引っ越してきた祖父の小さな家は、当時すでに家を出ていた姉らにはなじみが薄いためか、そそくさと帰っていった。もともと、二人は母親より父親に懐いていた。それでも週末になると、姉たちは由希子に電話をし、母の具合を訊ねてきた。

もっと交通の便が良いところで、どこか施設に入ることはできないのかと訊いてきたが、由希子は黙って聞き流した。「何か入り用だったら遠慮せずに言ってね、うちにも多少の蓄えはあるから」と打ち合わせたように二人から同じ口調で言われときには、由希子は堪り兼ねて、無言で受話器を置いた。姉たちは何から何までよく似ていた。母親譲りのもちっとした白い肌と隙のありそうな顔立ち、険のある喋り方。

母は孫にも会いたがったが、もろく砕けそうな砂糖の体をうっかり傷つけてしまうのを懸念したのか、姉らは子供たちを連れてこなかった。子供がひょんな拍子に、何か酷《むご》いことを口に出すのではないかという心配もあったようだ。長女が帰ったあとで一度だけ、薄情なものねと母がぼそりと言ったのを由希子は聞き洩らさなかった。

由希子は時折、母の寝顔をじっと見つめて物思いにふけった。母のみずみずしい眼球は、まだきれいな肌色を留めている瞼の裏で、記憶の残滓《ざんし》を追いかけているのだろうか。由希子は、わずかな間でも、母が美しい思い出に魅せられてくれたらと小さな祈りを捧げた。

由希子は、この家で母と二人きりで過ごした、高校時代から短大を卒業するまでの期間のことを度々思い起こすようになっていた。姉らはその頃、すでに家を離れていた。母もパートをいくつも掛け持ちしていたため、由希子は誰もいない家に帰るのを常としていた。窓からほのかに差し込んでくる光のほかは薄暗い闇のなかに潜んでいる家のさむざむしい光景と、電気のスイッチを順次押していって、最後に、居間の天井に丸い白熱灯が点るまで安心できなかった心もちを由希子は今でもありありと覚えていた。それは大学に通っていた姉らを心配して電話を掛ける母のいる居間を後にして、明りの点いていない二階の自分の部屋にあがっていく記憶とも重なっていた。

二人は時折、車椅子で出かけるようになった。医師にアドバイスされた通り、体が動くうちに車椅子に乗れるよう、脚の位置を調整し、砂糖に変わって固定されるのを待ったのだ。由希子は母の体を毛布にくるんで、衝撃が伝わって糖皮にひびが入らないように慎重に持ち運びした。母の体は異様に軽かった。命が少しずつ砂糖に変わっていたのだ。お母さん、小さい子供みたいに軽いよと無邪気に言葉にし、そしてその不用意な発言を悔いた。

由希子は母を誰にも真似できないぐらい丁寧に扱った。毒りんごで眠る白雪姫を引き取った王子でさえ、おそらく到底適わないほど、そっと優しく、母の体にひびが入らぬよう手厚く介助した。

部屋の湿度には万全の注意を払わなければならなかった。部屋が乾燥しすぎると、砂糖の表面にひびが入りやすくなってしまう。亀裂の入った糖皮は二度と元には戻らず、真皮の色を映して紅色に透けていた肌は白く濁った色に変わった。打擲された跡のようなその傷を見ると、由希子は取り返しのつかないことをしてしまったように感じた。これ以上、与えなくてもよい傷をどうして母に負わせてしまったのか、母の横で布団にくるまったあとまで、時折心が乱れた。

由希子が家を空けるのは、近所へのちょっとした買い物を除くと月に二回、朗読会のある日だけだった。ヘルパーさんが来て、母の面倒を見てくれている間に、電車で二時間掛かる街へ薬を取りに行くだけの日だったのを、ヘルパーさんが見かねて、病院で介護の講習や懇親会があるから気分転換に出席してみたらどうかと提案してくれた。初めは渋っていた由希子も、母にまで後押しされてしまったので、病院の受付で詳細を問うことにした。差し出された一枚の紙には介護者向けのイベントのカレンダーが載っていた。

おむつの替え方や簡単なマッサージなどが主で、由希子の目を引くようなものはなかったが、ただ一つ彼女が興味を覚えたのが本の朗読会だった。由希子の母と同じ病の介護者を対象としたその朗読会については、カレンダーの小さな枠に記された本のタイトルと作者と会場しか分からなかったけれど、月に二回開かれているその日程は、ちょうど由希子が病院を訪れる日と重なっていた。

朗読会は二週目と四週目の木曜日、午後二時半から開かれていた。終わる時間は一応午後四時とされていたが、用事のある人は途中で抜けても構わないし、延長も可能だった。大事なのは参加者が満足することであり、心に張りを取り戻すことだった。

朗読会は不思議な会だった。順番に声を出して輪読でもするのだろうかと思ってどきどきしながら訪れると、会場にはひじ掛け付きの椅子が輪のような形で並べられていた。それはお互いの声をしっかり聴くための形で、参加者は発表者が本を読む声に静かに耳を傾けた。必ずしも課題の本を全部読んでくる必要はなかった。参加者は自分のお気に入りの箇所を本のなかから見つけてくるだけで良かった。見つけられなかった場合は、それはそれで良かった。

彼らはその部分を銘々のやり方で読み上げる。ある人は、何度も練習してきたのだろう、力強く、抑揚のある声で自分の見つけてきた箇所を読み上げた。またある人は、思わず応援したくなってしまうぐらい漢字の読みでつかえていた（読み終わると一際大きな拍手が起きた）。絶対、学生時代に演劇部だったのだろうと思わせる張りのある声で本を読み上げる人、反対に気恥ずかしそうにぼそぼそっと声を出し、どこを読んだのかわからない人などもいた。皆、朗読の後に読み上げた箇所の感想を少しだけ述べて着席し、発表が終わると拍手が起こった。朗読を契機に歓談がはじまり、話が途切れた辺りで、また別の人が本を読み上げる。

朗読会に選ばれる本は、死にゆく人々の心の変遷を綴ったE・キューブラー・ロスの『死ぬ瞬間』や、自身の介護体験を基にしたレベッカ・ブラウンの『家庭の医学』といった由希子たちにとって差し迫った題材を扱ったもののときもあれば、ブローティガン『西瓜糖の日々』や小川洋子『シュガータイム』、森茉莉『甘い蜜の部屋』といった砂糖に関係のあるタイトルから選ばれることもあった。

初めは皆の真剣な朗読を聴くことを楽しみにしていた由希子も、次第に声を出すことに心地よさを覚えるようになった。自分が決めた範囲の文字を、一音の過不足もなくきちんと読み上げる。そこには、母の指の一本一本を丹念に拭いていくのと同じような心地よさがあった。

由希子が一番気に入った本は、エイミー・ベンダーというアメリカの作家が書いたベストセラー小説『私自身の見えない徴《しるし》』だった。主人公のモナは父親の病をきっかけに、十歳から「止めること」を始めたが、二十歳の誕生日に生まれて初めて、本当に欲しいものを手に入れる。鉄の斧だ。その場面を由希子は何度もなんども声に出して読み上げた。

「これ、見てください！　私は世界にむかって大きな声でいった。私がずうっと欲しかったものはこれです！」

よく切れる斧を掲げる代わりに、由希子は本をしっかりと握りしめて読み上げた。そうすると、気持ちが不思議と落ち着いた（そこから三ページほど先の箇所も由希子のお気に入りだったが、そちらは声に出して読む気にはならなかった）。

由希子は、母が眠っている間に課題本を読むようにしていた。テレビが付いているときには、ボリュームを少し落としてから、読み止《さ》しの本を出して続きを辿った。取り決めたわけではないが、テレビを切らないことは二人の約束事になっていた。眠りは糖皮病という現実から母を解放し、ひと時の安らぎをもたらしてくれたが、そこからはいつか目覚めねばならない。目を覚まし、途切れたはずの世界が変わらずそこにあるのに気が付かなければいけなかった。その残酷な惑いをテレビはうまく隠してくれる。母の体が動かなかったことも、どれくらい時間が経ったかも、テレビはそっと彼女たちに教えてくれる。母の息遣いに気付いて、目が覚めた？と由希子が訊ねるころには、しおりの挟まれた課題本が、母から見えないようベッドの足元にそっと置かれていた。

寝汗をかいた母のために、汗のにじんだ糖皮を拭く。もうほとんどが糖と化している表皮が割れないよう、また汗をかいた糖皮が溶けて剝がれないよう細心の注意で押さえるようにして体を拭いていく。由希子の手つきは、一分の隙もなく、わずかな汚れも許さなかった。まるでそうすれば、母本来の白く輝く肌がいつかよみがえると信じているかのようだった。一通り拭き終わってからも、由希子はじっと母の肌をにらみ、自分の仕事に落ち度がなかったことを確認しなければ、気がすまなかった。由希子はいつも、さっぱりとした肌触りの手拭いを使うようにしていた。タオルでは繊維が付着してかえって母の体を汚してしまうからだった。

由希子以外の朗読会の参加者の家族は、みな病院に通院しているか入院していた。その病院には全国でも珍しく糖皮病の専門医が集まっていて、十全な治療を受けられることで知られていた。

朗読会では、ディスカッションも活発だった。参加者は誰もが遠からぬ時期に家族を失うはずだった。話し合いはそのための心の準備を手伝ってくれた。由希子たちは朗読から派生して幾度となく死について語り合ってきた。それは必ずしも家族に訪れる具体的なものでないときも多く、本の登場人物に訪れる出来事のときもあった。

由希子たちにとって、家族の死を先送りに出来ないのは変えようのない事実だったが、余命がおおよそ判っているからと言って、死がそれにあわせてやってくるかはまた別の問題だった。由希子は参加者の一人が語った交通事故の話を忘れられなかった。事故に遭ったのは、彼女の夫の叔父で、病状もだいぶ進行していた。みんなでお見舞いに行ったとき、車椅子で外を散歩中に、家族の誰かがスロープの上で車椅子を放してしまった。叔父から誰もが目を離した一瞬に、事は起こった。タイヤはスロープを滑らかになぞるまま勢いづき、叔父の体はそのまま道路に投げ出され、家族全員が見つめる中、折悪しく通りかかった車にはねられて粉々に砕けた。バラバラになってしまった砂糖の体は血を吸い、みるみる死の色に染まり、じきに血だまりと一緒になって道路のうえに赤いぬかるみを作った。

由希子は自分が見た訳ではないのに、その光景が目に浮かぶようだった。それからというもの、母と二人で散歩に出かける際には、車椅子を握る手に汗がにじんだ。じきに訪れる死とすぐ傍らに起こり得る死との狭間で、由希子は母の生をしっかり握りしめて離さないようにした。

ある日の朗読会で、糖皮病に罹った幼子を愛玩用に売買する闇商人《ブローカー》の話が出た。その話にのるものはおらず、まるで被害に遭った子供たちへ黙禱を捧げるかのような気まずい沈黙が続いた。無言の間に子供たちの悲鳴を聞いていた者もいたかもしれない。今まででもっとも緊迫した時間が流れていた。けれども、由希子の脳裏に浮かんでいたのはまったく別の事だった。前の晩、寝入る母のかたわらで、由希子はどうしてもその衝動を抑えることができなかった。そっと母の足元に忍び寄って、拭き終えたばかりの爪先を眺めた。うす緑のカーテンの隙間からこぼれた月明かりを、砂糖と化した指先は静かに吸い込んで、自らの存在をほのめかすようにぼんやりと照っていた。綺麗に生え揃っている五本の指はずっと以前からそこにあって、ドロップのように丸くなっている親指から順に、外へ行くにつれて小さくなっている。前にちらりと見た病室の患者とは違って母の足はどこも欠けていない。濁ってもおらず、結晶本来の鈍さで光をまとっていた。

母の寝息を確かめてから、由希子はそっと舌を這わせた。じわりと足の溶ける感触が由希子の赤い舌の上に広がった。舌が熱いのは砂糖のせいか、背徳のためだったろうか。由希子がその甘い官能を思い起こして、恍惚としているうちに話題は逸れたらしく、気が付くといつもの朗読会の風景が戻っていた。

死者の弔いについてのディスカッションは、反対に声を荒らげるように意見が飛び交った。参加者の一人から、ある人は死者を銀紙で包んでゆっくりとあぶり、溶けだした砂糖をかため直して作った結晶を、お守り代わりにしているらしいという話が出た。

死者を傷つけるなんて有り得ない、という非難の声が真っ先に上がったが、火葬だって遺体を傷つけている点においては変わらないのだから、批判されたのはその点ではなかったのだろう。しかし果たして遺体を墓に埋めてしまうのと、結晶にして持ち運ぶのと、どちらが死に向き合おうとしているのだろうか。葬儀は死者の供養なのか、それとも遺された者のための儀式なのか。理路整然と意見を述べる者もいれば、感情で相手の話を薙ぎ払おうとする者もいた。戸惑いは、むしろ死を受け入れる準備が整っていない証のように由希子の目には映った。

「ご家族の弔い方を決めていらっしゃるのですね」

会が終わってから、そう訊ねてきたのは梶浦という名前の男だった。いつも少し大きめの青いジャケットを着ていた。職業は個人経営の配送業らしく、会に参加しているメンバーに男の人は珍しかったので、由希子も自然と顔と名前を覚えていた。由希子は思いがけず話しかけられ、二重に驚いたが、たじろぐことなく微笑み返した。

いいえ、どうしてですか。死者の弔いについて何もおっしゃいませんでしたから。確かにそうでしたが、他にも発言されなかった方がいらっしゃったはずです。でも、貴方だけがまっすぐ皆さまの顔を見て話を聞いていらっしゃいました。……。貴方が何をおっしゃるのか、私は楽しみに待っていたのですが、……いいえ、立ち入ったことをお聞きしてしまいました。梶浦さんは深々とお辞儀をすると、一人そそくさと帰っていった。肩がぶかぶかの後ろ姿は、丁寧な物腰と相俟《あいま》ってどこか愛嬌があった。小さくなっていく梶浦さんの後ろ姿を由希子は最後まで見つめていた。

それ以来、由希子は梶浦さんの向かいを避けて、彼の近くに座るようになった。正面に座るとまた何かを見透かされるのではないかと不安だったからだ。あまり注意を払ったことがなかったが、梶浦さんの朗読は他の人とは違っていた。決してうまいわけではないのだが、テクストを丁寧に読み上げる声は、聴いている場所によってずいぶんと印象が変わった。真向かいに座っていたときには惹かれるものを感じたことはなかったが、そばで聴くと彼の深みのある声が耳に寄り添うように柔らかく響いた。梶浦さんの朗読は彼に近づけば近づくほど心地よく由希子の耳をふるわせた。そばにいる人にきちんと届く梶浦さんの声は、彼の職業によく合っていると由希子は思った。

いつしか梶浦さんの横は由希子の指定席になっていった。会が終わって椅子をしまうときには、自然と声を掛けるようになり、幾度かお茶に誘って話をすることもあった。そんなときには会の感想やお互いの家族の病状、梶浦さんの仕事の話などをするだけで、初めて声を掛けられたときのように込み入った話題が上がることはなかった。

ある日の夕刻、梶浦さんから電話が掛かってきた。近くまで配送があったらしく、話をする時間はないだろうかと言う。由希子は買い物と朗読会以外の用事で、家を空けることがなかったので、少しためらったが、駅で待っていてほしいと頼んだ。夕食の準備に取り掛かるにはまだ間があったし、母の容体も安定していた。ちょっと出掛けてくると母に告げると少し怪訝な顔をされたが、早く帰って来てねといつもの笑顔で送り出してくれた。

顔は軽く化粧して繕ったが、朝から放置した寝癖は頑固に直らず、由希子は母が散歩のときに被ってゆく白いニット帽を借りた。どこか母親に護られている気がして、遊びに出掛ける小さな子供のようなわくわくした気持ちになった。梶浦さんはいつもの青いジャケットを着て駅の前で待っていてくれた。梶浦さんの車で、通っていた高校の近くのジャズリーンという名前の喫茶店へ連れて行ってもらった。町は昔と全然変わっておらず、マスターも健在で、由希子ははしゃぎ気味に高校時代の思い出を語り、梶浦さんも相槌を打つように道中で目にした町の印象について話をした。

帰るのがすっかり遅くなってしまい、家に着いたときには真っ暗だった。家の中は寒かった。どうやら換気のために開けた台所の小窓を閉め忘れたらしかった。母は寝ているのかひっそりとしていて、電灯のスイッチを入れ真っ暗闇に光の輪を浮かべながらそっとただいまと言うと、由希子の名を呼ぶ声が聞こえた。押し殺したような、震えた声だった。廊下伝いに電気を点けながら寝室に向かい、灯りを点けた途端、由希子は思わず悲鳴を上げた。母の上に蟻がわらわらと群がっていたのだ。母は必死に助けを求めていた。

由希子は母の体の上の蟻を薙ぎ払い、無我夢中で床の蟻を潰した。夏場には何度も注意され散々気を付けていたのに。もう冬なのに。由希子はこの季節にいるはずのない蟻を手で叩きつぶし、畳に屍骸がこびりつくのも厭わずに、半狂乱になって蟻を殺した。あたかも、そうすれば目を離したことを許されるかのように、あるいは死が少しずつ母を運び出していくのを防げるかのように、蟻を一匹ずつ、ぶちぶちと潰していった。

全ての蟻を一匹残らず潰し終えたときには、もう夜更け過ぎになっていた。由希子は母の体の上に散乱した蟻の死骸を丹念に取り除き、その跡を拭いた。鼻の脇、頬、首筋、上腕、足の指の狭間、蟻は至るところにいた。それが冬でも活動するアルゼンチンアリという外来種であることを、あとで病院で知らされた。動けない体で、無数の蟻が這い上ってくるのをただただ耐えているのはどれほど恐かったろうか。母の目尻には、涙の流れた跡が筋になって糖皮をえぐっていた。ごめんねと何度も呟きながら、由希子は母の体に涙を零《こぼ》さないようこらえるので精いっぱいだった。

それから由希子は、朗読会に出るのもやめて、病院からまっすぐに帰るようにした。母はじきに声を失い、表情を失っていった。それは目の前に崖があると知りながら、濃霧のなかを前に進むしかなく、時折り足を滑らせたり、木にぶつかったりしてひやりとしながら、長いながい時間を掛けて断崖に近づいていくような、いつまでも緊張を引き延ばされたような耐えがたい日々だった。

母の目が開かなくなった日、由希子は母がまだ眠っているのだと思って、朝の用事に取り掛かった。しかし朝ごはん代わりのフルーツヨーグルトを食べ、洗濯物を干し終えても母の目は一向に開く気配がなかった。そこでようやく、母のまぶたが開かなくなったのだと、由希子は理解した。まぶたがくっついてからも二、三日は、眼球が真っ白な視界の下をさ迷っているという。それから、糖皮がしめり気を帯び、それが再び枯れだしたら母の命が潰えた証だと医者に言われていた。その間のどこかで、病は心臓へと至り、体のすべてが糖へと変わってしまう。由希子は、母が苦しまないことを祈るしかできなかった。母のそばにいて、じっとその手を握って離さなかった。

母の体から水が引き、病がすべての経過を終えたのを何度も確かめたあと、由希子は梶浦さんに電話を掛けた。梶浦さんは由希子が朗読会に来なくなったのを自分のせいではないかと気にしていたようだった。

「次は、川端康成の『眠れる……』」

母が亡くなりました。由希子は小さく、でもはっきりと言った。えっ……。母が亡くなったんです。梶浦さんのお悔やみの言葉が終わる前に、由希子は自分の用事を告げた。持って来てもらいたいものがあるんです。

お通夜の日、大雪で新幹線のダイヤが乱れて姉らの到着が遅れた。今度は子供たちや夫も、皆やって来て白装束に身を包んだ母に対面した。四肢をもがれた母の体は、文字通り白装束に包まれているだけだった。白い砂糖の結晶に変わった母に、その死に装束はよく似合った。姉らは変り果てた母の姿に涙をこぼして、二人で抱き合って泣いていた。子供たちははしゃいではいけないことを理解してはいたようだが、顔は興味津々といった有り様で柩《ひつぎ》を覗き込んでいた。姉の夫たちは葬儀の段取りについて話し合っていた。その中には由希子が呼んだ梶浦さんも混じっている。

由希子はお腹が空いていないかと子供たちを誘い出して、台所に連れて行った。入り口の脇に梶浦さんの持って来てくれた段ボールの空箱が置いてあるのを押しのけ、子どもたちを昔、母と二人で晩御飯を食べた食卓に座らせた。由希子は、二つ並んだ鍋のうち、大きな鍋をゆっくりとかき混ぜた。黒い煮汁のなかから小豆がのぞき、熱せられた鍋から甘い匂いが広がった。隣の鍋で茹でていた白玉が浮かんできたので、冷水で引きしめてから小豆のお鍋に移してひと混ぜし、子供たちによそって出してあげた。子供たちは出されたぜんざいを喜んで食べた。

由希子も、家族みんなのために作ったその夜食用のぜんざいを自分の器によそって、席に着いた。母が亡くなってから何も食べていなかったと、ふと気がついた。甘い匂いに胃がきりきりと痛んだ。お椀を持つ手がふるえた。しかし、一雫《ひとしずく》たりとも零すわけにはいかなかった。母が死んだ。堪えていたはずの涙があふれだした。梶浦さんの持ってきてくれた小豆が舌の上でざらつき、あたたかい砂糖の味が、由希子の胃のなかに満ちていった。

災厄の船

災厄《さいやく》の船とは何だったのか。我々は知り過ぎるほど知っていたはずだし、災厄の船について語り合う機会がいくらでもあった。何しろ、船はずっと昔から入り江に浮かんでいたのだから。我々が暮らしていた場所と入り江は、岬と森で隔てられていたとはいえ、目と鼻の先であり、実物を見に行こうと思えば容易に見に行ける距離にあった。けれども、我々はその機会を易々《やすやす》と逃《の》がし、そのうえ今になって語り始めてしまったわけである……

どうかあなた方は、そうならないでほしい。あなた方は、直接知りもしない著名人の情事や政治家のスキャンダルを追いかけるので忙しくて、もしかすると我々の話を聞く時間がないと言うかもしれない。けれど、手遅れになる前に、できるなら今しばらく立ちどまって、我々の話に耳を傾けてほしい。そして我々と同じような愚かな過ちを犯さないでほしい。

我々の説明はともすれば要領を得ず、脇道に逸れたり、あるいはうまく語れないために、どこか遠い土地で起きたお伽噺《とぎばなし》のように聞こえてしまうかもしれないが（そして、それこそが我々が陥った最大の不幸であり、この話の本質かもしれないが）、聡明なあなた方はどうかそんな瑣末《さまつ》なことに惑わされず、我々の話から必要な意味を正しく汲み取っていただきたい。語ることだけが我々に残された道であり、我々が持っていたはずの使命であるから……

災厄の船は、我々の町にあるどんな建造物よりも遥かに大きく、精巧な造りでできていた。船体は、海上に出ている部分だけでも三層に分かれ、海に沈んで見えていない階層も加えれば、少なく見積もっても五階建ての建築物に匹敵する大きさがあっただろう。その広い甲板には船長室が設けられ、さらには森の樹木よりも高い檣《マスト》が聳え立ち、巨大な建造物といった様相を呈していた。

しかし、災厄の船の迫力は、その大きさというより、その荒廃ぶりに由来した。かつては海風に鍛えられたであろう三本の檣も、時の流れの前にはなす術もなく朽ちて黒ずみ、船を岸につなぐ舫《もや》い綱は緑の苔に覆われて、ぎしぎしと悲鳴のような音を立てていた。塗装はどこもかしこも剝がれ落ち、むき出しの船腹は腐っているか、せいぜい新しく接ぎ足された木片が悪目立ちしている、といった有り様だった。時の落伍者の姿は、幽霊船と見紛う者もいるぐらいで、我々の多くは実際、災厄の船などという物々しい名前でなく、船を幽霊船と呼んでいたほどだ。寂れた田舎の港町には不釣り合いなそれが、外からもたらされたことは、我々のうちに造船技術が伝わっていないことからも明らかだった。少なくとも我々の曽祖父の代から、船守りの一族に守られながら、災厄の船はその場所に留まっていた。

　かように奇妙な巨大船に、我々が充分な注意を払っていなかったことを、あなた方は不思議に思われるかもしれない。もしも、災厄の船がある日突然港に入ってきたなら、我々も港に殺到し、サン・ドミニク号を見たデラーノ船長のように、固唾を呑んで事態を見守ったに違いない。しかし、すでに述べた通り、災厄の船は我々の物心がついた頃から入り江に浮かんでいた。そして一度も航海に出ることなく、その場所に留まりつづけた。変化のないものに注意を払うことほど難しいことはない。災厄の船を新奇な目で見るのは、よそ者と子供ばかりだった。

　その船について、我々が唯一知っていたことは、災厄の船に濫《みだ》りに近づいた者にはおぞましい災厄が降りかかるという古い言い伝えだけである。我々はその災厄が、誰も見たことのない船の最下層に詰まっていると信じていた。

　我々が知っているのはその程度のことで、船の由来やどんな災厄が降りかかるのかといった具体的な話となると、途端に覚束なくなった。もしかすると船守りの一族ならもっと詳しいことを知っていたのかもしれない。けれど、彼らの顔や体の造りは、我々のそれとは明らかに異なり、彼らが自分たちと同じ言葉を話すかどうかさえ我々は疑っていた。船守りの一族は災厄の船の近くの岩場で自給自足の生活を営んでいた。船の修理に必要な資材を調達するために、我々の居住区に来るほかは、決して岬の森からこちら側にやってくることはなかった。彼らは釘や建材などを勝手に盗んでいくので迷惑な存在ではあったが、災厄の船を守ってくれているということで、我々はそのぐらい大目に見ていた。

　たった一度、彼らの最後の生き残りだった親子が、町までやってきて我々に話しかけたことがあった。もはや髭だか髪だかわからないもので顔を覆われた大男が、四、五歳の小さな子供を連れて、我々ににじり寄って来たものだから、話しかけられた者はたまったものではない。

　親子は帆の残骸で作ったと見られるぼろの服を着ていて、体臭はたいそうきつかった。男は子供の下半身を裸にして、必死に何かを訴えかけた。しかし、話しかけられた者は男の行動に面喰《めんくら》い、初めは何が言いたいのかわからなかった。我々の仲間が恐怖から立ちすくんで動けないでいると、妙なアクセントながら、男が我々と同じ言葉で話しているのがわかってきた。

　どうやら、彼が真剣に訴えている内容は、子供の股からロープが生えてこないので心配しているということのようだった。意味がわかったとき、話を聞いていた者の口から、思わず嗤《わら》いがこぼれた。我々の仲間は、親切にも次のように答えてやった。

「その子は女の子で、男の子にはなりません」

　今度は男が困惑する番だった。男は、船の近くまで来る子供達が男の子ばかりなので、子供はみな男の子になると思い込んでいた。男は大きく失望したらしく、以来、女の子を連れ歩く姿は、誰からも目撃されなくなった。もちろん、子供の側では父親につきまとい、男が船の修繕をする様をじっと見ていた。

しかし、父親が相手をしてくれないからか、集落の周りを一人でうろついている姿がよく目撃されるようになった。我々のうちに、彼女を可哀想に思う者は誰もいなかった。身なりが汚く、ただでさえ不気味な異人に好んで話しかけようとする者はいなかった。子供たち――その時、村には五人の子供がいて、みな男の子だった――は、全《まった》く相手をせず、付きまとわれると小石を投げて追い返した。……

我々の話が早くも脱線したことに、あなた方は呆れているかもしれない。しかし、この船守りの一族の挿話もまた、我々が災厄の船について無関心であったことの一つの証左といえよう。我々がいかに災厄の船について無知であったかは、F氏が描いたスケッチを目にしても、それが災厄の船だとすぐに判らなかったことからも明らかだった。子供がスケッチをもらってきた日の前日から、F氏は我々の町で目撃されていた。

宿も店もろくにない町なので、見慣れない車がやってくれば、自然と目についた。F氏の車は、我々の町に迷い込んできて、一しきり町を周回したあと、我々に道を尋ねて、慌てて一本道を引き返していった。

我々はそのときは別段、気に留めなかった。道を間違えて、車が入ってくることはままあった。しかし、F氏の丸みを帯びた特徴的な車が、翌日も我々の町にやってきたときには注視しないではいられなかった。町の外れに車が停車すると、山高帽に髭をたくわえたＦ氏が降りてきて、一人で森へと消えて行った。

我々は森の入口に停まっている車を奇妙な目で見つめ、あんな場所に何かあったかなと思いを巡らせた。かと言って、わざわざF氏に尋ねに行くのも無粋に思われて、そのまま捨て置いた。きっとそのうちに我々のなかの誰かがそばを通りかかって、その見知らぬ来訪者に話しかけるだろうと思った。実際、日暮れ近くになって、我々の子供たちが、岬の森にいたF氏に話しかけ、一枚のスケッチをもらって帰ってきた。

「おじさんは何をしに来ていたんだい」

男にもらったのだというスケッチを受け取りながら、我々のうちの一人が努めて何でもない風に尋ねると、子供は、

「シサツって言ってたよ。森で何枚も綺麗な絵を描いていたんだ」

と明るい声で答えた。我々は手から手へスケッチを受け渡しながら、楽しげな画をしげしげと眺め、感想めいたことを呟いたり、一人前に講釈を垂れたりしてみた。

スケッチには、船首に旗を掲げた広壮な大帆船が描かれていた。甲板には三本の巨大な檣《マスト》が建っており、そこには各々三枚の帆布が風に膨らんでいた。船側《せんそく》は黒と黄色が交互に塗られ、その所々にある小窓から人の顔や大砲が覗いていて、船尾楼からは煌びやかな明かりが洩れて

いた。

そして、何よりも目を引いたのは甲板の様子で、そこには、海軍の制服のような出で立ちの者や燕尾服やドレスで着飾った人々が溢れ返っていた。そばにはバイオリンやチェロ、ピアノといった楽器を奏でる音楽団も控え、踊りを楽しむ人やテーブルを囲んで食事をする人の姿も見えた。さながら、豪華客船のパーティーを描いたようだった。

「それで、視察ってのは何の視察だったんだい？」

スケッチが一しきり家の者の手に渡ったころ、我々のうちの一人がそう尋ねた。しかし、その問いかけへの答は、スケッチを最後に手にした者の、

「これはいかん」

という素っ頓狂な声にかき消されてしまった。その声の主は、家のなかでも、壊れた椅子のように部屋の片隅に追いやられ、いつもじっと座っているだけの老人だった。彼は受け取ったスケッチをしばらく漫然と眺めたあと、おもむろに顔を上げ、窓の向こうの森を見た。それからもう一度スケッチに目を落とし、例の声を発した。

「これはいかん。――こいつは災厄の船の画じゃないか」

岬の森からは、スケッチとそっくりな檣《マスト》が三本突き出ていた。彼はそう叫ぶや否や、立ちあがって家を飛び出した。家族は、彼がそれほど速く動けるとはついぞ考えたことがなかったの

で、目を白黒させ、慌てて彼のあとを目で追った。彼はスケッチを握りつぶした拳を、まるで相手に殴り掛からんばかりに振り上げて、道路を走っていた。どうやらF氏に文句を付けに行くつもりだったらしいが、折悪しくもF氏の車は森を出発したところで、どれほど老体に鞭打って走ったところで、土台追いつけるはずもなかった。

彼は遠ざかる車のあげた土埃のなかに膝をつくしかなかった。落胆する本人をよそに、むしろ我々は喜んだ。日頃の彼は、ベッドに横になるのも家族の手を借りてようやくといった有り様だったのだ。彼が何にそれほど激昂したのか、我々は全く理解していなかった。そしてそれを聞く機会も永久に失われてしまった。

彼は怒りのあまりか、急に体を動かしたからか、翌日から高熱を出して寝込んでしまった。そしてついにはそのまま帰らぬ人となった。老人の死が与えた影響は小さくなかった。彼の死によって、船は忘れ去られていた名前を取り戻した。

男に不幸をもたらしたキッカケとなったF氏のスケッチは、老人連の手によってこっそりと焼かれてしまった。災厄の船にまだらな色が塗られていることや立派な船尾楼があることを教えてくれた画は、不吉をもたらすものとして、老人の死と結びあわされ、葬られてしまった。災厄の船を写し取ったというだけでも、そのスケッチは縁起のよいものとは受け取られなかった。

老人連は、F氏がもう一度やってきたら、文句を言ってやろうと待ち構えたが、F氏はそれっきり姿を見せなかった。災厄の船を写し取ったF氏にも不幸が訪れたのだと考えて、我々は合点がいった。

「やはり、災厄の船に近づいてはいけないのだ」

そう確かめ合う我々の声が道端で交わされたりもした。けれど、問題のスケッチを焼き払ったことで、我々はどこか安心していた。何より、スケッチをもらって帰ってきた子供に、自分のせいで家族が死んだと思わせてはならないという考えが働き、我々は戒めを確認し合うことはあっても、そのことについて深く考えたり、話し合うこともしなかった。

そうして、年月が流れ、我々が老人の死を忘れた頃、F氏は思わぬ形で我々の町に再来した。

市長がやって来るという噂が流れ、我々はそれとなく、その日を楽しみにしていた。市長というのは最近当選したばかりの、よく通る声と甘いマスクで、すこぶる人気のある男だった。市長は、漁業組合を束ねる組合長のところに用事があるらしかったが、遠目からでも本人を一目見たいと、我々は朝から市長の到着を楽しみにしていた。

市長の黒塗りの車が、山を越えていよいよ我々の町へやって来て、組合長の屋敷の前に停まると、我々は作業の手をとめ、家の窓や道ばたから町の右舷《うげん》を見た。すると車から新聞やテレビで見た通りの若い市長が現れた。我々は小さな歓声を上げたが、それはそのまま小さな悲鳴に変わった。市長の後ろから、山高帽に口髭という、見間違えようのない人物が現れたからである。死んだと思っていたF氏が蘇ったとあって、我々は小さなパニックを起こした。二人は、我々の視線に気がつくことなく、組合長の屋敷のなかに消えて行った。

我々はもはや居ても立ってもいられず、組合長の屋敷の近くまで押し掛け、中の様子は見えないものかと生垣や門から屋敷を覗いた。あるいは運転手を摑まえ、あの紳士はどういう人物なのかと詰問したが、運転手は頑として口を割らなかった。我々は、落ち着かない小一時間を過ごした。さすがに屋敷の前に突っ立っているわけにもいかず、男が出てきたら間近に見える距離で、屋敷を遠巻きにし、市長らが出てくるのを待った。

やがて、話し合いを終えた市長が屋敷から出てきた。その後ろからは、やはり例の山高帽に口髭の紳士が現れた。やはり先日の男で間違いなかった。遠目では気がつかなかったが、細い杖も突いている。

市長は我々に気がつき、足をとめた。我々の目に好奇心の色を認めると、声を張りあげ、笑顔を振りまいた。

「皆さま、私はこの町を一大観光地にすることをお約束いたします。あのガリオン船をホテルに改造しまして、観光客を呼び込むのです。急にそんなお話を聞かされても、信じられないかもしれませんが、何を隠そう、ここにおられます紳士こそ、これまで数々のホテルを手掛け、大成功に導いてきた、かの有名なＦ氏なのです。彼が請け合ってくれたからには、ホテルの成功は間違いありません。いえ、今度のお話はＦ氏自らのご発案なのです。ふらりと立ち寄ったこの場所で、Ｆ氏はガリオン船と運命の出逢いを果たし、今回の計画を思い立たれたのです。どうぞ皆さま、ホテルのオープンを期待してお待ちください」

そう一席ぶったのである。我々が呆気にとられ、固まっていると、紹介を受けたＦ氏も、山高帽を脱ぎ、深々と一礼をした後に一言、

「よいホテルですぞ」

と口髭を撫でながら言った。それだけ言うと満足したらしく、二人は車に乗って、唖然とする我々を置いて、その場を後にした。

車が立ち去ると、我々は一も二もなく、組合長の屋敷に押し掛けて説明を求めた。組合長の方では我々から反発が来ることがわかっていたので、できる限り内密に話を進めたかったらしいが、市長自らが話してしまったのでは仕方ないと、事の経緯を説明した。

それによると、市長らは、災厄の船をホテルに改装して、入り江に停泊させたまま、観光客を呼び込むつもりらしい。週末には盛大なパーティーを開き、船上ホテルは明かりの消えない不夜城と化すそうだ。

あんなおんぼろ船がどうやってホテルに生まれ変わるのか、そんな大勢が乗って沈みはしな

いのかという考えが、我々の頭に浮かぶよりも早く、

「災厄の船に触れるなど、とんでもないことじゃ。どんな疫《えやみ》が広がって、我々に被害が及ぶかわかったもんでない」

と、反対の声が上がった。組合長は我々の反発があまりに予想通りだったので、

「文句があれば、市長とF氏に言ってくれ」

と早々に議論を切り上げ、人々を屋敷から追い出した。むろん、そのまま議論を続けたところで無駄であっただろう。組合長は我々のなかでも最も合理的な考えの持ち主で、金勘定のできる男だった。むろん、迷信などよりも金銭を重んじた。

後から聞いた話では、組合長の息子をホテルの名ばかりの支配人にすることを見返りに、名義上は組合の持ち物である災厄の船の改造を承諾したのだそうだ。組合長の息子は頭が足りないことで有名で、父親とは正反対に、簡単な計算さえろくに出来なかった。人々に担がれて、笑われるのだけが唯一の取り柄のような男であった。

さて、市長の計画は我々に大きな混乱と分裂をもたらした。我々のうちで、反対の声を挙げたのはむろん老人連であった。彼らは、

「濫《みだ》りに船に近づいてはならない」

という主張を繰り返した。

彼らが語るには、船を解体しようとしたり、移転させようとするたびに、町に恐ろしい奇病が流行ったという。肌は岩に押し潰されたヤモリのように青く爛《ただ》れ、目は黄色く濁って、三日三晩苦しんで死んだという。あるいは、高熱に浮かされて譫言《うわごと》ばかりを呟き、糞尿を垂れ流しながら死ぬ病が流行ったこともある。時には、皮膚が鬱血したように膨らんだかと思うと、手足が骨から腐ってぽとりと捥《も》げ、そこから溢れる血が止まらなくなったこともあったらしい。そんなことが船に近づくたびに起こったそうだ。一たび病に罹《かか》ったもので助かった者はいないらしい。また、あの船は本来軍艦であり、船底に大量の火薬が隠されていて、いつ引火してもおかしくないという。

　我々は、突如老人連が語り出した災厄の話を煙たく思い、耳を塞ぎたくなった。話の最後は、決まって、

「お主らは、爺さんの死をもう忘れたのか。爺さんがまさに身をもって示してくれたでないか。濫《みだ》りに船に近づいてはいかんのじゃ」

　というところに落ち着いた。我々のなかには、

「そんな事を言ったって、スケッチを描いた当の本人は、元気にしていたじゃないか。爺さんには気の毒だが、寿命だったんだろう。火薬だって湿気でやられているだろうし、きっと大砲だって錆びて使い物にならないぜ」

と反論する声もあった。挙句の果てには、

「仮に災厄なんてもんがあるとしてもだな、何十年だかの間に海へ流れ出ちまってるよ」

と言い返される始末であった。

「何より、そんなものがないのは、祖父ちゃんらが生きていることが証明しているじゃないか。今の話だって、全部言い伝えであって、実際に疫病に罹って死んだ人間なんて祖父ちゃんらも知らないんだろう?」

手厳しい反撃にあって、老人連は目を怒らせて声を荒らげた。

「年長者の言うことがきけんとは、お主ら気でも触れたんか」

そんな彼らに向かって、

「誰が日銭稼いで養っていると思っているんだ。老い先短い年寄りと違って、俺たちはこの町であと何十年も暮らしていかなければならないんだぞ」

という言葉はさすがに呑み込んだが、賛成派も頑として主張を譲らなかった。我々のうちで、市長の計画に真っ先に賛同したのは、子供を持つ親たちだった。子供と離れて暮らしたい親などいはしない。

「どんな形であれ、町が潤うのはいいことよ」

子供たちが成人すると、職を求めて町を出て行ってしまうことは、ずいぶん以前から深刻な問題になっていた。市内の他の町では観光化に成功して、どうにか人口の減少に歯止めをかけていたが、我々の町はその流れから置いてけぼりにされていた。気がつけば若い世代よりも、もはや働かなくなった老人の方が数が多くなっていた。このまま声を上げなければ、子供たちが町を捨て、手元から離れていくことは目に見えていた。

「子供たちのためにも、こちらからお願いしてでも、船をホテルに変えてもらうべきよ」

「そうだ、迷信でメシは食えねえ」

彼らの声は、老人連よりも数の面では劣っていたが、強固な論理をまとっていた。

とはいえ、賛成派、反対派のどちらか一方が優勢だったわけではなく、我々のなかには態度を決めかねた人や沈黙を守った人もいた。逆に、いつもは大人しい人が声を荒らげて意見をのべる一幕もあった。そんななかで、もっとも思わぬところからの声は、いつもふらふらと遊び歩いていた二十四、五の若者からのものだった。彼は、市長の計画を聞くと、即座に反対の声を挙げた。

「俺は病気に罹《かか》って死ぬのは嫌だし、誰だって嫌だろ。俺は友達に大工をやっているヤツがいる。そいつが何も知らずに船を改装しにやって来て、作業している間におっ死んじまったらどうするんだ。可哀そうじゃねえか。誰が責任取れんだよ」

若者は、我がことのように怒り、声を大にして抗議した。

「こちらから頼んでもねえのに、どうして市長の我が儘につき合わされなければならないんだ。こんなにたくさんの人が反対しているんだ。血を流すのは俺たちなんだぞ」

それまで手に職もなく、厄介者扱いされていた若者が、急に声を上げたことで、老人連はすっかり若者を見直し、いっそう元気になって市長の計画に反発した。彼は、町の外から友人を呼び寄せ、一緒に横断幕や立て看板を作ったりした。

さて、我々はかくして、災厄の船をめぐって分裂していったわけだが、そのとき二重に奇妙なことが起こっていたのには誰一人気づいていなかった。あるいは、気がついていたのかもしれないが、表立って指摘する者は一人もいなかった。

その一つ目は、町中が災厄の船の話で持ち切りだったにもかかわらず、我々のうち誰一人、災厄の船を実際に見に行った者がいなかったことである。災厄の船の過去と未来について、あれほど言葉を費やしながら、誰一人として現状を把握している者はいなかったのである。もしもあの時、我々のうちの誰かが入り江の様子を見に行っていれば、船の異変に気がつけたかもしれない。穴の開いた帆布《ほぬの》や腐りかけた舫《もや》い綱を見て、何かがおかしいと思えたかもしれない。

それから、船に積み込まれた災厄について語りながら、我々が共有する記憶について、一切触れる者がいなかったのも奇妙と言わざるをえない。それは、我々の誰もが、一度は災厄の船に足を踏み入れたことがあるということだった。

子供というのは敏感で、我々大人が浮足立つとすぐさま勘付く。市長らが船の視察に訪れるという前夜、「明日は何か大事なことがあるの?」と尋ねられ、我々の一人は「お父さんたちは、入り江で大切な話し合いがあるから、〝船〟で遊んでおいで」と息子の頭を撫でながら答えた。息子は祖父母に、危ないから〝船〟には近づくな、と言われていたが、我々の一人はこう告げた。

「いいか。怖がってばかりじゃ、強い男にはなれないぞ。お父さんたちが子供の頃は、よく幽霊船で肝試しをしたもんだ。夜、一人で船に入って帰って来るのさ」

「それで、なんともなかったの?」

「ああ、平気さ。なんてことないさ。もう少し大きくなったら、お前もきっとそうなる」

これは彼の記憶であり、我々の誰もが持っている記憶であった。

幼い頃、幽霊船は、まさに格好の肝試しの場だったのだ。親に内緒で寝床を抜け出し、岬の森で仲間と落ち合い、誰が一番奥まで入れるかを競うのである。森のざわめきとフクロウの声に怖気づき、幽霊船まで辿り着けない者ももちろんいた。けれど、その者だって、小さな明かりを頼りに船のなかに消えてゆく仲間の姿を見送ったはずである。つまり我々は、船のなかに入っても何も起こらないのだと知っていたのである。

しかし、議論を重ねている間、我々のなかに船に対する恐怖が全くなかったかといえば、それもまた嘘である。我々は災厄が充分にあり得ると頭の片隅のどこかで強く思っていた。それは幽霊船の暗黒の廊下で腐った板を踏むと不気味な音が響き渡るのと同じぐらい真実であると思った。甲板から船底へ下るにつれ、月明かりも途切れ、深い海の音がまし、息が詰まって、決して辿り着くことができなかった船の最深部には、どんな奇怪なものが潜んでいたとしても、全く不思議ではないと信じていたし、同じだけ強く、そこに災厄が存在していなければ本当ではないと思っていた。

闇と無知こそ、すべての根源だったと言いかえることができるかもしれない。我々は災厄の船の闇を知り、災厄の船そのものについては何も知らなかった。その二つが重なったがゆえに、あの忌まわしい事件が起こったのである。少なくとも、市長が視察の日に見せた恐怖の色は、災厄の船の闇を知っている者の表情であった。

視察の朝、市長の車は予定の時刻を過ぎてもなかなかやって来なかった。我々は、入り江に続く海岸で、市長らを待ち受けた。ちょうど船がある入り江と我々の町の間に、大きな岩があり、我々は、賛成派も反対派も、それ以上近づくのを恐れて、岩の前に陣取っていた。災厄の船をわざわざ視界に収めたいという者はおらず、皆、町の方角を向いていた。

それでも、市長が到着したとき、我々は皆、入り江に集まっていた。朝から深い霧が出ていた。市長は見るからに体調の悪そうな顔色で入り江にやって来た。その後ろからは、例のごとくF氏がついてきた。今にも口髭を抓《つま》みながら、「良いホテルですぞ」と言いだしそうだった。F氏は我々など眼中になく、早く船のもとへ行きたそうだった。しかし、市長がそれをとどめて、我々に挨拶をしたいと言って、その場で足を停めた。我々にも話したいことが山ほどあったが、まずは市長の演説を聞くことになった。

しかし、その演説というのは、思いつくままに言葉を接いだだけの、延々と結論を先延ばしにするような、きわめて要領をえないものであった。

「今日は深い霧が出ておりますが、皆さまにおかれましては足元のお悪いなか、御足労いただき、感謝申し上げます。私は幽霊船、じゃなかった、災厄の……いえ、縁起が悪いので、ガリオン船と呼ぶことにしましょう。それで、ガリオン船の視察に来たわけですが、これは大層立派な船ですが、まだ誰も最深部に入った者はいないと聞いております……とすると、もはや最下層があるかどうかもわかりませんが……本当にそんなものなどなければよいのですが。さて、船内に入って、腐った床板でも踏み抜こうものなら大変ですから、止めておく……（F氏の方を見る）……わけにはまいりませんですから、勇気を振り絞って足を踏み入れることにしたいのですが、床板を踏み抜いた先に釘でもあって敗血症にでもなると大変ですので……」

といった調子で、この前の堂々たる話しぶりとは比べるべくもなく、別人と疑われても不思議でない程だった。言葉を絞り出すたびに青ざめていく表情は、女性陣の期待した凛々しい佇まいとは程遠かった。むしろ、霧に濡れて浮かび上がってきた表情は、かえって見覚えのあるものであった。

「お前、もしかしてケンか」

我々のうちの一人が叫んだ。ケンというのは他でもない、親戚の家があったとかで、時折一人で町に遊びに来ていた、いたずら小僧の名前であった。日頃は威勢のよいことばかり言っている割に、肝試しのときには、怖がって、岬の森でじっと仲間の帰りを待っていた少年である。

「なんで言わねえんだよ、水臭え」

かつての悪友を見いだしたことで、市長の演説も多少は持ち直した。

「ありがとう、ありがとう。いや、なんて懐かしい。しかし旧情を温めるのは、また別の機会に譲るとしよう。今日は偉大なるF氏に御同行いただいているので、我々はまずは手早く仕事を片づけなければなりません。それは私が慣れ親しんだこの町にとっても、大いなる一歩であると私は信じています……」

しかし、市長は一向に演説を終える素振りもその場から動く気配も見せなかった。決定的な場面を、どうにか一分一秒でも、先延ばしにしようという腹積もりらしかった。

市長がかつて町で一緒に遊んでいた子供だとわかったことは、我々に微妙な心理変化をもたらした。身内を悪く言いたてるのは、えてして気が進まないものである。出鼻をくじかれ、溜めていた勢いが削がれてしまった。反対派の弛緩した心情はなかなか元に戻らなかった。

ここで災厄の話題を振るのは、いたずらに場の空気を白けさせるだけではないか、という考えも年寄り連の間に流れた。「馴れ合い」という感情が、我々のなかに頭をもたげたのである。賛成派の間でも、かつてのいたずら小僧の尻馬に乗ることに変な躊躇いが生じてしまった。F氏だけが表情を変えることなく、つんと前を向いていた。

しかしついには、反対派の一人が――あの若者が立ちあがり、演説を遮って、市長ににじり寄った。

「市長は災厄について、どのようにお考えでしょうか」

我々はじっと市長の顔を見守った。市長の表情が曇った。そして、その顔にさっと翳《かげ》がさすのが見えた。文字通り、翳がさしたのである。

「あっ――」

次の瞬間、市長の目が見開かれ、虚空を見つめていた。その後、低い咆哮が轟《とどろ》いたのと、我々が振り返ったのはほとんど同時だった。

白い霧の奥に蠢《うごめ》く巨大な影が見えた。朽ちた屋敷がきしむような不気味な音とともに、影はゆっくりと我々の視線の前を横切ってゆき、我々は固唾を呑んで霧の奥を見つめ、その正体を見破ろうとした。しかし、我々はそれをすでに知り過ぎるほどに知っていた。

それは災厄の船であった。動くはずのない大帆船が、どういうわけだか碇をあげ、長すぎる停泊から出航しようとしていたのである。朽ちた船体がきしみ、悲鳴に似た音を立てている。穴だらけの大きな帆布がはためいているのが、霧のなかからでもわかった。

次の瞬間、もう一度咆哮が轟いて、我々は思わず耳を塞いだ。それはガリオン船に積まれている大砲の音に違いなかった。我々が錆びて使い物にならないと笑った砲弾は、海に着弾して、大きな水飛沫と音をたてて水底に沈んだ。

二発の砲弾によって、霧がかすかに晴れ、我々はようやく災厄の船と対面することになった。視界に現れた三本の檣《マスト》に括りつけられた帆は継ぎ接ぎと穴だらけで、檣から四方へ延びているロープはまるで壊された蜘蛛の巣のように垂れ下がり、緑の藻が絡みついていた。船底に打ちつけられた銅板は毒々しい緑青色に変わり果て、早晩剝がれ落ちそうだった。

しかし、我々がもっとも震撼したのは、首のもげた裸女が無惨に磔にされているような船首像のすぐ脇に、小さな影を認めたときである。そこには、大砲を囲む六人の子供の姿があった。我々の五人の子供と、船守りの一族の女の子に違いなかった。

彼らは硝煙をあげている大砲の周りで、目を白黒させている。子供の親たちは、海に向かって必死に走り出し、大声を張り上げたが、子供たちはどうやら耳をやられたらしく、こちらに全く気がつかなかった。

砲撃の弾みで、ひもが緩んだか切れたかしたのだろう、檣の帆がまた一つひらいて、船は勢いをまして前進し始めた。我々は子供たちを取りかえそうと躍起になり、海へ入ったり、大声を張り上げたり、手を振ってどうにか注意を引こうとした。だが、遅すぎたのだ。充分過ぎるほど警告を受け、我々ができることはいくらでもあったはずなのに。もしももっと早く入り江に立ち寄って、フナムシに食い散らされた船守りの屍骸を見つけていたら、あるいは船と入江をつないだ綱が腐っているのに気づいていたら……

すべては後の祭りだった。船は綱を引きちぎり、錆びた碇を海の底に残し、出航してしまったのだ。ようやく事の重大さを思い知った我々を嘲笑うかのように、砲弾の晴らした穴が塞がり、災厄の船は再びぼんやりと霧に包まれていった。

その直前、子供のうちの一人が、必死に手を振る我々の姿に気がつき、陽気に手を振り返した。我々は懸命に声を張り上げたが、船はすでに声の届く距離になかった。船の影は、そのまぐんぐん沖へと進み、我々を置き去りにして、霧の彼方へと消えていった……

初出一覧

文字の消息　「すばる」２０１２年７月号（集英社）
単行本化にあたり、大幅に加筆修正いたしました。
砂糖で満ちてゆく　「群像」２０１３年４月号（講談社）
災厄の船　「文學界」２０１６年８月号（文藝春秋）

澤西 祐典（さわにし・ゆうてん）
1986年生まれ。京都大学大学院人間・環境学研究科博士後期課程修了。
2011年、「フラミンゴの村」で第35回すばる文学賞受賞。
本書収録「砂糖で満ちてゆく」は、英語訳・ドイツ語訳が発表されるなど、
海外からも注目を集める。
著書に『フラミンゴの村』（集英社）、共著『小辞譚』（猿江商會）等がある。

文字の消息

2018年6月14日　第1刷発行

著　者　澤西 祐典
発行者　田島 安江
発行所　株式会社 書肆侃侃房（しょしかんかんぼう）
〒810-0041 福岡市中央区大名 2-8-18-501
TEL 092-735-2802　FAX 092-735-2792
http://www.kankanbou.com
info@kankanbou.com

ＤＴＰ　黒木 留実（書肆侃侃房）
印刷・製本　シナノ書籍印刷株式会社

ISBN978-4-86385-319-5　C0093